光文社文庫

長編小説

真夜中の喝采《かつさい》

きんぴか③

完本

浅田次郎

光　文　社

目次

一杯のうどんかけ

雪降る路地で

　それは、寒い寒いなんたって寒い、地球温暖化現象なんてクソくらえの、寒い冬の日のことであった。

　長いこと自然空調の環境に暮らしてきたために、常人に較べればずっと熱暑寒気には強い軍曹とピスケンであったが、ここ数日つづいた記録的寒波は、さすが不惑の身にこたえた。

　折りしも理由なき酒盛りの明くる朝、ガンガンと痛い頭をもたげてみれば、窓の外にもガンガンと雪が降っていた。

　悪いことには、その日に限ってビル内の送気が故障していた。

　郷里から送られてきたイモ焼酎をポカリスエットのように飲んだあげく、軍曹が配電盤に回し蹴りをくれた結果であった。

　寒さをしのぐすべは、古来二通りある。運動をして体温を上昇させる方法と、ジッと動かずに体温の放出を防ぐ方法である。

　この際どちらが正しいかは別として、とりあえず軍曹は犬のように屋上を駆け回り、ピスケンは猫のようにベッドで丸くなった。

ただひとり機械を理解できる広橋秀彦《ひろはしひでひこ》は、仕方なく凍える指に息を吐きかけながら、配電盤と格闘していた。

しかし、理論においては卓越している彼であったが、職人的技術についてはペンチの使い方も良く知らなかった。結果、つぶれた配電盤を直すつもりが、ビルじゅうの配線を破壊してしまった。すべての電気回路とともに、ボイラーもガスも停止してしまったのである。

千年の氷河に呑みこまれたように、砦《とりで》には黒洞々《こくとうとう》たる闇《やみ》と怖ろしい寒さがやってきた。

心配する友人たちに向かって、彼は「ハハハ」と笑ったが、その顔色は青ざめていた。さながら手術中に動脈を切っちまった医者のようであった。

雪は午後になっても止む気配はなく、降っては降ってはズンズン積もった。

ひとけのないビルディングの冷えようといったら尋常のものではない。墓場の中の冷気はきっとこのようなものであろう、なんて考えると、寒さはたちまち恐怖に変わった。

最大の問題は食事である。このビルにはたとえ官軍に包囲されても半年やそこいらは持ちこたえるだけの糧秣《りょうまつ》が貯蔵してあったが、そのすべては巨大な冷凍庫の中に保存されていた。したがって火の気がないとなると、食えるものは何もなかった。

外に出るのはどうしてもいやなので、出前を取ろうと意見がまとまった。ムシの良い考えであった。ふだんの日でさえ、出前持ちは気味悪がってこのビルには近づかなかった。残るは命知らずの宅配ピザしかないが、将来ののれん分けなど夢だに思わぬ学生アルバイトが、雪の中を三十分以内にやってくるわけはなかった。

結局、代表が一名、マクドナルドを買いに行こうということになって、じゃんけんをした。

まず広橋が負けた。ところが根があんがい卑怯者《ひきょうもの》だから、「負けたヤツが行くとは決めてなかったぞ」というコペルニクス的な理論を持ち出してまぬがれた。

今度は負けたヤツが行く、とはっきり決めてじゃんけんをやり直した。

ピスケンが負けた。しかしこれも意外に卑怯なので、やおら腰からコルトを抜き出して「もういっぺんやれ」、と仲間を威迫《いはく》した。

グーもチョキもパーも、ピストルにはかなわなかった。仕方なくもういっぺん、ズルなしを誓い合ってじゃんけんをした。

今度は軍曹が負けた。キャラクターからいっても、これで決着がついたと誰もが思った。

しかし彼はいっけんしていさぎよい顔をしていたが、その実、卑怯者であった。

ふいにその場に倒れこんで死んだフリをしたのである。呼吸を止め、脈も止め、瞳孔《どうこう》まで散大させるという、子供のころからの得意ワザであった。授業中にとつぜん問題を当てられたときも死んだフリをした。キセル乗車がバレたときも、駐車違反でキップを切られそうになったときも、ソープで金が足らないことに気付いたときも、この手でいくどとなく窮地を脱してきたのであった。

こんなことをしていたらいつまでたってもラチがあかないので、結局、修理に忙しい広橋を残して、ピスケンと軍曹とが食料を買いに出かけることとなった。

二人は粉雪のしんしんと降り積もる銀座《ぎんざ》の町に出た。

大都市の機能はほとんど喪《うしな》われていた。たくさんの車が路肩に乗り捨てられており、人々はヒイヒイ言いながら地下鉄の入口に向かっており、商店の一部はすでにシャッターを下ろしていた。

二人はこけつまろびつしながら、四丁目のマクドナルドをめざした。ピスケンは過去十三年と六月《ろくげつ》と四日、雪どころか雨風にもろくに当たってはいなかった。軍曹は南国鹿児島出身のうえに、あいにく在職中も雪中行軍の経験がなかった。

慣れぬ歩行に膝はワラい、ふくらはぎがつり、すっかり息の上がった二人は、いったん商店の軒先に避難した。

「なあ、軍曹。考えてみりゃ、なにも二人で出てきて、マクドナルドを買って帰ることもねえよなあ」

「おお。実は俺も今、その点を疑問に思ったのだ。この雪の日にマクドナルドを食おうというこ と自体、余りに貧困な発想ではないか」

「そうだ。熱燗《あつかん》でキューッといっぺえ飲《や》って、温《あ》ったけえソバでも食っていこうぜ。マクドナルドはヒデへのみやげだ。どうでえ、文句はあるめえ」

「ない。文句などあろうものか。何だかキサマとは生まれて初めて意見の一致をみたような気がするな。これは快挙である。肝胆《かんたん》あい照《て》らし意気衝天《しょうてん》！　真の友人とはかくあるべきだ。さ、そうと決まれば熱いウドンを食おう」

「ウドン？　ばか言え。ソバだ」

「ハッハッ、寝言を言うな。寒い日は熱いウドンと決まっておる」

「ケッ、そんなこと誰が決めやがった。あんなものは米の飯の食えねえ貧乏人が、腹をごまかすのに食うものでい」

「ん？　それは初耳だな。ではソバは違うのか」

「違わあ。ソバはれっきとした江戸前のファストフードだ」

「……いちど言おうと思っていたが——キサマ、誤てる特権意識を持っているようだな。東京の文化がすぐれているとか、東京が日本の中心だとか」

「おう、当ったりめえだ。それともなにか、てめえはまだ天皇陛下が京都にいるとでも思ってやがるのか」

「クソ。やはりあのとき、江戸城に総攻撃をかけて、おまえらを根絶やしにしておくべきであった。勝海舟《かつかいしゅう》にうまくやられた」

「今ごろ気付いても遅いぜ。ざまみやがれ」

「ともかく、ウドンがゲスでソバがイキだと言うキサマの論理は極めて差別的だ。憲法の精神に則《のっと》り、ここはウドンを食ってもらう」

「いいや、ソバだ」

「だまれ、ウドンだ」

軍曹の必殺のヒジ打ちがピスケンの顎《あご》を捉えた。コルトを抜き合わせる間もなく、ピスケンはどうと倒れた。襟首《えりくび》を摑《つか》み上げて、軍曹は太い指をピスケンの両の瞳《ひとみ》に突きつけた。

「うわ、待て。軍曹、話せばわかる」

「キサマと話すと、よけいにわからなくなるのだ。そのアパルトヘイトな脳ミソを、きれいさっぱりカキ出してくれるわ。地獄へ落ちろ」

「待て待てっ！　わかった、ウドンを食おう。そうだ、なんたって寒い日にはウドンに限る」

「わかれば良い」

と、軍曹はピスケンの手を腰のうしろに捻《ね》じ上げながら、雪道を歩き出した。

西五番街《にしごばんがい》の狭い路地に、「手打ちうどん」と書いた提灯《ちょうちん》が下がっている。手打ちとはシャレにもならねえと思いながら、ピスケンは押しこまれるように路地に入った。

「そういえば、以前キサマにソバをおごってもらったままであったな。今日は俺がごちそうしよう」

「当ったりめえだ。ウドンなんぞ金払って食えるかてんだ」

「文句は食ってから言え」

暖簾《のれん》をくぐり、磨き上げられた白木の引戸《ひきど》を開けると、店主の威勢の良い声が二人を迎えた。

「いらっしゃいまし」

湯気のあふれるカウンターといくつかの卓が並んだ、小ざっぱりとした店内であった。白衣に三角巾を巻いた、店主の女房らしい女が熱い茶を運んできた。

「ソバは、ねえよな……」

カウンターに腰を下ろして品書きを見ながら、ピスケンは心細げに呟《つぶや》いた。

「あるわけないだろう。ここは本場さぬきうどんの専門店だ」

「すうどん、てな、なんでえ。酢の入《へ》えったウドンか。ゲ、考えただけで気持わりぃ」

「そうではない。具の入らぬプレーンなウドンのことを、関西では素うどんというのだ」

「あ、要するにウドンかけのことね。それじゃあんまり芸がねえ。よし、ひとつ天ぷらうどんといこうかい」

へい、と店主は気合の入った返事をした。釜から立ちのぼる湯気が、カウンターごしに冷えた頬を包んだ。

「しかし、ま、なんだな軍曹、関西の商売《しょうべえ》ってえのは、セコいよな。見ろ、ネギの青いところまでごていねいに使いやがる。しかもなんでえ、まるでモヤシみてえなネギだな」

カウンターごしにブツブツと文句をたれるピスケンに向かって、律儀者の店主は眉をひそめた。軍曹はあわてて言いわけをした。

「それはワケギと言ってな、香りを楽しむものだ。何といっても関西は薄味だから、薬味がポイントなのだ」

「ゲ、ワキゲ……なるほど臭そうな名前《なめえ》だ」

「そうではない。ワキガだ。あれ、ちがったか——ま、そんなことどうでも良かろう。できたぞ、食え」

ピスケンは差し出されたどんぶりに、江戸前のアパルトヘイトな視線を落とした。

「おい……しょうゆ、くれ」

「お客さん」、と店主は包丁を握りしめた。

「わからんヤツだなキサマは。本場のウドンは塩味なのだ。ともかく食ってみろ」

「へいへい、わかりやした。しかし、こんな味もそっけもねえツユによ、年増女みてえなブヨッとした天ぷら。おまけに臭えワキガなんぞ入れやがって、こいつァいかもの食いの世界だぜ」

「ま、食ってみろ」

ピスケンは怖る怖る割箸《わりばし》を研《と》ぐと、ツユを一口すすった。

「どうだ。うまかろう」

ピスケンはウドンをザバッとかきこんだ。

「う、うめえ……」

「ハハッ、みたことかアズマエビス。これが本場の味覚だわい。さあ食え、どんどん食え」

「バカヤロー、言われなくたって食うぜ。わあうめえ、何でえこいつァ、うめえぞォ！」

「……おい、ケンタ。噛め。丸呑みするな。やめんかこら。体に毒だぞ」

「冗談じゃねえ。嚙まずに食うのァ、江戸っ子の心意気でえ。ああうめえ、あっ熱い」

二人は物も言わず、百メートルバタフライ決勝のように忙《せわ》しくイキをつぎながら、アッという間に三杯の天ぷらうどんを平らげたのであった。

食い終ると、同時に大口を開けて轟《とどろ》くようなゲップをした。下品さには東も西もなかった。

「ふう、食ったあ。これでもう思い残すこたァねえ。ささ、スッパリやっておくんなさい、おさむれえさん」

と、ピスケンのギャグが店主と女房にウケた、そのときである。

引戸がするすると開いた。すきまから雪を巻きこんで、中年の貧相な女が顔を覗《のぞ》かせた。煤《すす》けた色のマフラーを頭からスッポリと冠《かぶ》り、女はまったく申しわけなさそうな感じで呟いた。

「あのう……おうどん、いいですか？」

女の腰のあたりから、青洟《あおばな》をたらした小さな男の子が二人、並んで顔を出している。

「へい、どうぞ。いらっしゃい……」

店主はうろんな目付きで言った。長い道のりを歩き詰めてきたようである。親子は肩や背に降り積もった雪をたがいにはたき合って、おずおずと片隅のテーブルについた。

女房がいっそううろんな目付きで茶を運ぶと、子供らはまるで温《ぬく》もりをいとおしむように、じっと小さな掌《て》で茶碗を抱いた。

「かあちゃん。お茶、飲んでいい？」

「ああ、いただきな。寒かったろう」

二人の子供はふうふうと白い息を吐きながら茶をすすった。

「おい、軍曹」、とピスケンは肘で軍曹をつついた。

「なんだか暗えヤツラだな。おお、やだやだ」

「そう言うな。ひとそれぞれの事情もあろう」

店主と女房も、ちょっと面くらったように顔を見合わせている。

「あのう、おうどん、ひとつでいいでしょうか」

長い間、壁にかかった木札をながめてから、母親は小声で言った。

「べつに、かまいませんけど……いいよね、あんた」

「あ、ああ。いいですよ。何にしましょうか」

ほうっと溜息《ためいき》をついて、母親は白髪の目立つ左右の鬢《びん》を耳のうしろにかき上げた。

「じゃあ、すいませんけど。うどんかけ、ひとつ……」

母親はそう言って、垢《あか》じみたガマグチから小銭を選《え》り出してテーブルの上に並べるのであった。

「かあちゃん。おれ、腹へったよ。天ぷら食いたい」

「おいらも。ねえ、かあちゃん」

「二人とも、ぜいたくを言うんじゃないよ。とうちゃんが元気になって、また働けるようになったら、おなかいっぱい食べさせてやるからね。辛抱おし」

店主は釜の中でうどんを湯がきながら、やり場のない笑顔を軍曹に向けた。

「なんだか気の毒だな……どうやら深い事情があるようではないか」

振り向こうとする軍曹の首を、ピスケンはツマ楊子《ようじ》を嚙みながら引き戻した。

「ケッ、だから言ったじゃねえか。ウドンなんてのァ、米の飯が食えねえようなヤツラが、ああして腹をごまかすもんでえ。かまうな、かまうな」

「お。キサマけっこう非人情なのだな。弱きを助け強きを挫《くじ》くのが仁俠道だと、いつも言っておろうが」

「ふざけるねえ。俺ァああいう浪花節を聞くとムシズが走るんでえ。あんなもの、ただミジメなだけじゃねえか。ふん、けったくそ悪い」

「キ、キサマというヤツは……見そこなったぞ。おい、ご主人。あちらの客に天ぷらウドンを三つ」

「よさねえか。てめえだって他人に施しをするほど偉かねえんだ。さ、帰《けえ》るぞ」

ピスケンはそう言うと勘定を払い、軍曹をひきずるようにして店の外へ出た。軍曹は戸のすきまから顔を出して、母親に向かって言った。

「すまぬ、悪く思うな。人でなしの連れがおるので」

「バカヤロー、そんなもんにかかずり合っていると、てめえまでクスブるぞ！」

ピスケンは軍曹の腕を摑んで、雪の路地を引き立てて行った。

すでに冬の日はとっぷりと昏《く》れている。大通りに出ると、ピスケンはふと立ち止まって、粉雪の舞い落ちる街灯の光に目を細めた。

「あ、いけねえ。タバコを忘れてきた。ちょいと取ってくる」

「ふん、勝手にしろ人でなし。キサマは根性まで腐り切っておる。もう顔も見たくはないわ、先に帰るぞ」

「おう、帰れ帰れ。このゲス野郎。マクドナルドを忘れんな、ウドンの勘定は俺が払ったんだ」

軍曹は不愉快そうに、ピスケンの足元につばを吐くと、踵《きびす》を返《かえ》して歩み去った。

「まったくよ、サムライってのァ、人に施しをすることしか考えねえ。慈善バザーの奥方みてえなものだぜ」

ピスケンはそうひとりごつと、タバコを一服つけて、再び路地に戻って行った。

暖簾をくぐり、引戸を細く開けると、「ぼうず」、と言って年上の子供を手招いた。

青洟をすすり上げながら、子供はこわごわ店の外に出てきた。ピスケンは子供の頭を抱くようにして路地の奥に連れこむと、軒下のポリバケツの上に、ひょいと抱え上げた。

「おめえ、いくつだ」

「八つ」

「弟は」

「七つ」

「学校は行ってんのか」

「うん。いま冬休み」

「そうか、学校は休んじゃなんねえぞ。きょうび学問がなけりゃ、ヤクザにもなれねえからな」

ピスケンは皮のトレンチコートの下からマフラーを抜き出すと、子供の粗末なセーターの襟にくるりと巻きつけた。

「男にゃ、一生やっちゃならねえことが、ひとつだけある。それはな、決して人さまの施しをウケちゃならねえってことだ。人から物をめぐんでもらって平気なヤツは、ドロボウと同じだ」

子供は洟だらけの顔で、ぼんやりとピスケンを見上げた。

「でも、腹がへってるのに、へってないって言うのは嘘じゃないか。嘘つきはドロボウの始まりだい」

「いいや、違うぞ」、とピスケンは子供の額に自分の頭を押しつけた。

「男なら、腹がへってねえってえ嘘は、一生つき続けにゃならねえ」

「おれ、腹へってるもん。死にそうだ」

ピスケンは、いきなり子供の頬を平手で打った。

「理屈を言うんじゃねえ。人から物をめぐんでもらうくれえなら、餓え死にしろ」

物音を聞きつけて、母親と店主が戸口から顔を出した。ピスケンは雪の中に屈みこむと、分厚い札入れを手品のように取り出した。

「おっと、こんなところに財布が。しょうがねえなあ、酔っ払いが落としてったんだな。や、ゼニがいっぺえ入《へ》えってらあ。おい、ぼうず。こいつを預かっといてくれるか。おじさんは忙しくって、こんなもんにかまっちゃいられねえんだ」

ピスケンは路地を去りかけながら、思わず戸口で手を合わせる母親を、ちらと見た。

「どういう事情があるか知らねえが、おくさん。こんな雪の晩に外を出歩いちゃ、子供が可哀相ですぜ」

「申しわけありません。悪い金貸しが毎晩取り立てにくるもんで、つぃ」

「へえ。悪い金貸し――そいつァ難儀なこった。で、どこの何ンてえ野郎で」

「赤坂《あかさか》の、丸金《まるきん》リースっていう……」

ピスケンの三白眼《さんぱくがん》がギョロリと光った。

「なに、赤坂の丸金――雪の中に女子供を追い立てるたァ、ずいぶんとアコギな金貸しですねえ……」

町金《まちきん》殺しの借金王

「ひとおつ、情は人のためならず。ひとおつ、チリも積もれば百万円。ひとおつ、お客様は、生かさず殺さず半殺し！」

この種の体育会系企業の例に洩れず、会議は朝の七時に軍隊式の号令で始まった。

信賞必罰の社是に則って、まず成績優秀者に対するおほめの言葉があり、一転してノルマ未達成者に対する吊るし上げが行われる。それから三十分間にわたって社長の訓話――というより、これも体育会系の言語明瞭・意味不明のネチネチ説教があり、社歌を斉唱ののち拳を振り上げて勝鬨《かちどき》をあげ、解散。

と、ふだんはそうなるはずなのだが、その日の早朝会議は少し様相が違った。

すでに三時間。社員たちの顔には、疲労と懊悩《おうのう》の色が濃い。

株式会社丸金リースは、社長以下全従業員を体育会系出身者で固めている。したがってどんな宴会でも凄まじい牛飲馬食ののちに一時間でサッと終り、慰安旅行も夜行半泊。仕事中、三歩以上は常に駆け足で、小便の出ている間にクソの出きらんようなヤツは、それだけで出世できないという会社であった。

会議に三時間を要するなど、まさに異常事態である。

五分間の休憩を宣言しても、席を立つ者は一人としていない。いっせいにタバコをくわえ、内ポケットから携帯電話機を出し、一瞬の間も惜しんで仕事をする。

(こいつらのせいじゃない……)

と、海野安夫《うんのやすお》は思った。

会議室はひととき怒号にあふれ返り、ぴったり五分ののち、嘘のように静まった。

社員たちの緊迫したまなざしが、ふたたび海野社長に集まった。どれも彼の命令ひとつで、死ねと言われればその場で死んでしまいそうな顔である。

社員たちはおおむね日東駒専大東亜帝国の体育会系出身者であった。こんにちこの手を二十五人集めることは、東筑一京早慶上外を二十五人集めるより、ずっと難しい。

昨年の春、間違って慶応大学経済学部出身者が一人、入社した。当然バリバリの幹部候補生と目されていたが、史上最低の実績を残して半年後に退社した。この会社では頭脳も体力も要領も、ほとんど関係なかった。物を言うのはただひとつ——根性だけであった。

海野社長は議事を進めた。

「要するに、銀行の個人ローンと信販系のカードローンに、そっくり客を持っていかれた結果が、こうだ。で、金利は下げるわ、審査は甘くなるわ、あげくの果てに自己破産をされて回収不能。これはまあ、一種の構造不況だな」

オス、と社員たちは声を揃えた。

「なにか、具体的な対抗手段はあるか」

一人がオス、と拳を振り上げた。

「スピードキャッシングを充実させるというのは、どうでしょう。それも従来のように、電話一本・来店不要などという悠長な方法ではなく、三十分以内にバイクで届ける現金宅配便」

「……まるでピザの出前だな。で、なんだ、三十分以内に到着しなかったら、金利はいりません、か。ほかに、ないか」

オス、とまた一人が手を挙げた。

「みすぼらしそうなアパートとか、経済感覚プッツンのワンルーム・マンションを、一軒ずつ個別セールスして歩く、というのはどうでしょうか」

「新興宗教の勧誘みたいに、あなたは救われます、ってか——それも情けねえ発想だなあ」

海野社長はつくづく思うのである。

日本は豊かになりすぎた。所得の向上と福祉の充実によって、貧乏人がいなくなった。今や、「貧乏」とは、「金持ち」に対する反語にすぎず、純然たる生活苦の借金をしなければならない人間なんて、一人もいなくなったのである。

銀行はふしぎなくらいカンタンに金を貸す。無担保無保証の融資なんて、裏を返せば無節操なだけだ。

旧態依然とした実質年率四〇パーセント、プラス入会金プラス書類代プラス手数料、おいこみ、つけうま、夜討ち朝駆け何でもありの伝統的町金融が、とうてい生き残れる時代ではなかった。

そのうえ困ったことには、「個人破産」とかいうお安い御用が流行し、アルマーニのスーツを買う金や、海外旅行代金や、女とのホテル代に費消された金までも、いともカンタンに免責《チャラ》にされちまうのであった。

ひでえ世の中だ、と海野は悲しくなった。親会社の金丸総業《かなまるそうぎょう》、すなわち天政連合会《てんせいれんごうかい》内二代目金丸組から預かっているタネ銭は十億円余。二パーセントを上納するとりきめであるから、毎月イヤがオウでも二千万円は吸い取られる。

それでも、この丸金リースを任せられたころは良かった。バブル以前には、金丸グループの中では押しも押されもせぬ稼ぎ頭であった。

万一に備えて蓄えていた裏金も、いよいよ底をついた。今では個人の財産もすべて上納金に充当し、土地家屋も担保に入れ、それでも支えきれずにカードローンまでめいっぱい使っている海野であった。

喧喧囂囂《けんけんごうごう》たる議論の間を縫って、秘書が耳元で囁《ささや》いた。会社の勢いが良かった時分、フジテレビを蹴って入社した自慢の美人秘書である。

「社長。今日の午後、本社の福島《ふくしま》社長がおいでになるとのことです」

「げ。アニキが……」

「そろそろ年貢の納めどきだと思いますが」

「シャレか、それ」

秘書は意地悪そうにメガネの奥で笑った。今月分の年貢は滞《とどこお》っていた。こうなれば洗いざらい打ち明けるしかないと、海野は肚《はら》をくった。

「粗相《そそう》のないようにお迎えしてくれ。アニキはコーヒーがお嫌いだから、紅茶な」

「はい。ほかにご用意するものは。パスポートにしますか、マナイタにしますか」

「パスポートはいらない。一応、マナイタと出刃を」

「はい、かしこまりました」

美人秘書は克明にメモを取ると、会議室を出ていった。会議は紛糾していた。スペンサースーツの色っぺえ腰つきに目をやる者はひとりもいなかった。万事に無節操な今の世の中で、彼らは力いっぱい硬派に生きている。こいつらに冷や飯を食わせるようなことがあってはならない、と、海野安夫は思わず左手小指を拳の中に握りしめるのであった。

どの顔も、道場やフィールドやリングの上にあるのと同じ真剣さである。しかし、議論は空疎であった。口角アワを飛ばして論じられる内容に耳を傾ければ、どれもアイデンティティの化物という感じで精神論に終始し、オリジナリティにも具体性にも徹底的に欠けていた。何となく戦国時代の軍議とか、大本営の作戦会議を彷彿《ほうふつ》とさせた。

海野社長は溜息をついて、手元の会議資料に目を落とした。恨《うら》み重なる破産者の名簿と、莫大な免責金額。今や不良債権の累積は、全貸付高の一割に達しようとしていた。

ブラックリストに目を通して、海野はふいに呟いた。

「ん？——何だ、この客は。会員番号三六四〇八番。貸付残高百二十万が返済不能で金利停止、元本を毎月八十五円ずつ返済中……八十五円？　何だよ、これ」

海野は首をかしげながら立ち上がり、部屋の隅のワークステーションで個人信用情報センターのリストを呼び出した。プリントアウトされたデータをひとめ見たなり、その顔は暗然とした。

「な、何だこいつ。借入件数八十六社百二十八件、延滞総額八億九千万。銀行、農協、公庫、信販系、大手消費者金融、町金融……な、なんだよ、こいつ！」

社員たちは議論を中断して、いっせいに注目した。

「おい、おまえら。データ検索してないのか。いくら客がいないからって、こんなヤツに金貸すバカがいるか。担当は誰だ、どこの店で貸した」

オス、とうなだれたまま、八重洲《やえす》支店長が拳を上げた。

「オス、自分の担当です。申しわけありません。ノルマに追われて、つい」

個人信用情報センターのデータが回覧された。何人目かの手に回ったとき、叫び声が上がった。

「瀬古半之助《せこはんのすけ》……あっ、こ、こいつァ、セコハンだ！」

「えっ、何だって、セコハン！」

「セコハンが帰ってきた」

どよめきが会議室をゆるがした。

古い記憶の中から甦《よみがえ》った名前に、海野社長は身を慄《ふる》わせて天を仰いだ。

瀬古半之助——通称セコハンと呼ばれて業界に怖れられるその男は、去ること八年前、いわゆる貸金業規制法の施行に伴い、大きなダメージを受けた町金融を片ッ端から食い荒らし、総額数億円にのぼる債権をもののみごとに踏み倒して国外に逃げたという伝説の怪物である。

海野安夫も数百万円の煮え湯を呑まされた一人であった。

「くそ、あの野郎……性コリもなく」

悔悟《かいご》のつぶやきとともに、セコハンのセコい顔が思い浮かんだ。ヤツのために、いったい何本の指が飛び、何人の金貸しが梁《はり》からぶら下がったことであろう。町金殺しの借金王、瀬古半之助が八年ぶりに、不況にあえぐ金融業界に帰ってきたのである。

八重洲支店長はテーブルの上で両拳を握りしめ、慄えていた。

「ともかく、経緯を説明しろ」

海野安夫は額に手を当てて、そう言った。

不幸な家族

「う……ううっ……何という気の毒な話だ。この飽食の時代に、まだそんな不幸な親子がいようとは……うっ、ううっ……」

ピスケンの話を聞きながら、軍曹はバスタオルで目がしらを押さえた。

「で、父親の病状はどうなんだ」

広橋も油だらけの手にハンバーガーを握ったまま、眉をひそめた。

「それがよ、体じゅうの筋肉が少しずつマヒしていくってえ、難病でよ」

七輪で手を焙《あぶ》りながら、ピスケンが言った。

「おお……神よ……」

と、軍曹は刈り上げた頭頂で合掌した。

「なあ、ヒデ。その病気てえのァ、なおらねえのか」

広橋は息を抜きながら首を振った。

「三十過ぎてからの発病となると、たぶん筋強直性ジストロフィーだろうな。末端の筋肉から萎縮《いしゅく》が始まり、徐々に全身に及ぶ。たしかキニーネの投与で筋強直を軽減することはできるが、萎縮の進行を防ぐことはできない。つまり、不治の病だ」

「不治の病……」

ピスケンと軍曹は同時に呟いた。

「何か俺たちにしてやれるこたァねえのか。輸血するとか、腎臓を片っぽやるとか」

「いや、そういう病気じゃない。ジストロフィー自体、現代の医学ではほとんど解明されていないんだ。何しろ肉体が毎日少しずつ死んで行くようなものだ。家族は地獄だろう、精神的にも、経済的にも」

「ううっ……悲惨だ……何という悲劇だ。世の中は、何でこうも不公平なのだ」

たまらずにワッと泣き伏す軍曹の非常識な筋肉を、ピスケンは黙って見つめた。

「まったく、不公平だよな……まあ、他人の俺たちにできることなんざタカが知れてるが、何とか力になってやろうじゃねえかい」

「そうだね。じゃあ僕は厚生省の知り合いに、詳しいことを聞いてくる。福祉でどこまでの援助が可能か」

「俺に、何かできることはあるか。この際何でもするぞ。幸い血液なら常人の倍はある。たしか腎臓も三個あったはずだ」

軍曹は自信ありげに胸板をせり出した。

「よし、じゃあこうしようぜ。俺ァこれから赤坂の丸金リースに行って話をつけてくる。おめえはあの親子の家に行って、他のキリトリがきやがったら追っ払ってやれ」

「よし、お安い御用だ」

三人の男たちは涙を拭いて、いっせいに立ち上がった。

八重洲支店長がくやし涙にくれながら語った事情は、おおよそこうしたものであった。

その男、瀬古半之助が国民健康保険証だけを持って来店したとき、データの検索をしなかったわけではない。個人信用情報センターのデータによって、彼がブラックな客であることはわかっていた。

しかし、破産者ではなく、手形や小切手の事故を起こしたわけではない。ともかくも、い、い、い、生きている客である。

外見上は実直そうな男である。ちかぢかまとまった金が入るのだが、末期ガンに冒《おか》されている妻に、ムダとはいえ十分な治療を施してやりたい、と男は涙ながらに語った。まとまった金とは、妻の死亡保険金だろうと、支店長は思った。はっきりそうと言うべきことではなく、もちろん聞《き》き質《ただ》すことでもない。男は国立病院の診断書と、保険証書を提示した。

支店長には支店長の事情があった。

銀行や信販会社はもちろん、デパートのカードにまでキャッシング特典が付いてくるご時世では、利息の高い消費者金融の営業実績が落ちこむのは当たり前である。もはや客のえり好みをする時代ではなかった。

しかし、本社から割り当てられる貸付ノルマは、何としてでも達成しなければならない。そのために、支店の従業員にはムリヤリ金を借りさせ、親類知人には金利こっち持ちで金を使ってもらっている。この数カ月はそれでも足りず、架空名義を使ってノルマを達成しているのだ。金利負担だけで、支店長の給料は消えていた。

締切日を二日後に控え、ノルマにはあと五百万ちかく足りない。百二十万円の大口融資は喉から手が出るほど欲しかった。

ところが、分割返済の計画は、翌月一回だけ履行されたきり頓挫《とんざ》した。三カ月目からは金利も滞った。せいぜい三カ月の命だと言っていた女房が、その後死亡したという話も聞かない。電話で問い質すと、

「みなさまのご厚情で、最高の延命治療を施しております。ありがとうございます」

と答える。まさに閉口、返す言葉はないとはこのことである。

事態は膠着《こうちやく》した。こういう展開になると、体育会系のお里はまるだしになるのであっ

た。南千住《みなみせんじゅ》の裏町の長屋を訪ねてみると、電気もガスも水道も止まっている。男は幼な子を両脇に抱え、「もう少し、もう少しだけ」、と言ってさめざめと泣く。この「もう少し」という言葉は、ずっしりと重い。

ポケットマネーを見舞いに置いての帰り途、支店長はおよそきたるべき事態を怖れた。こうした事例はいくつも知っている。すなわち、男の遠からず選ぶ道は二つに一つ——一家心中か、自己破産である。いずれにしろ貸した金は返ってこない。

平成三年の破産申立て件数は実に二万三千三百件、そのうちの九割がカードローンや消費者金融の借金による個人破産である。

何が便利といったって、これほど便利な法律はあるまい。弁護士費用さえ払えば、何百万何千万という借金が一文残らず免責となるのである。破産者といえば聞こえは悪いが、社会的不自由さは何もない。官報に小さく名前が載り、当分の間、公的な借金ができなくなる。信じられないことだが、それぐらいだ。

もちろん破産成立後の所得は、まったく関係がない。極端なはなし、免責決定の翌日に宝クジで一億円当たっても、全額自分のものである。

一家心中と自己破産は、いわば多重債務者が最後に提示する切り札のようなもので、これを切り出されたら、いかな金貸しといえどもギブ・アップとなる。だから危ないと思ったら、仕方なく金利を一時停止し、月々の返済をわずかずつでも元本に充当して行くしかない。なだめすかして、少しでも被害を減らすのである。

瀬古半之助が極限状態にあると判断した支店長は、やむなく金利停止、月々一万円ずつの元本返済という特例を通告した。

ところが――これも「おありがとうございます」、と一回払ったきり、翌月はもう一万円の金が返せない。こうなると支店長はグッと弱気になった。

翌月の返済日に電話があった。五千円なら返せるが、余分な金が一文もないので支店まで持って行けない、という。

五千円のために集金に出かけるのもバカらしいし、眼の底に焼きついて離れない長屋の悲惨な光景は二度と見たくなかった。かわりに若い者を行かせれば、たちまち良心の呵《か》責《しゃく》にさいなまれて、辞めてしまうに決まっている。で、税込み五百十五円の振込料を差し引いて、最寄りの銀行から振り込ませた。とにもかくにも四千四百八十五円の元本は回収した。

ところが――またその翌月のことである。いよいよ五千円の金も工面できない、三千円ではダメかと言ってきた。これも振込料を引いて振り込ませるしかなかった。とにもかくにも、二千四百八十五円の元本は回収できた。

翌月は、女房の病状が悪化したので三千円の返済もできぬ、しかし恩を仇《あだ》で返すことはできないから千円だけでも返済したい、と言ってきた。で、振込料を引いて四百八十五円を送ってきた。

ここいらで、さすがの支店長もアホらしくなった。だが返済が行われている以上、不良債権ではないから、本社に報告するにしてもないよりマシである。

人助けだと思って気長にやろう、と支店長は考えた。

しかしその翌月、考えが甘かったことを彼は思い知らされたのである。

電話が鳴った。受話器を取って数秒後、支店長は椅子を倒して立ち上がった。

「えっ！　ナニ。千円がない。おい、いいかげんにしてくれ、ちょっと話がひどすぎやしないか」

受話器の向こうで、コンコンと咳きこむ声が聞こえた。しばらく息を荒《あら》らげてから、瀬古半之助はかぼそい声で言った。

「じゃあ、六百円。いま子供のポケットにあったんで、六百円。これで何とか、お願いします」

「ろ、六百円って、それじゃあ振込料を引くと八十五円の返済だよ」

「ダメ、ですか……」

「当ったりまえだ。ダメ、ダメ」

「ほんとうは、千円札一枚あるんです」

「何だ。じゃあそれを送りなさい」

「いえ、これは……イザというときに灯油を一缶、買うお金ですから」

「あのね、もうあんたのそういうのは聞きあきたんだよ。ともかく千円、送りなさい。寒くたって死にゃしないよ」

　自分の言葉をおぞましく思いながら、支店長は瀬古の返事を待った。

「じゃあ、ここまでです。灯油を買ってきます」

「わっかんない人だね、あんたって人は……ん、待てよ。、、、ここまでって、どういう意味？」

「灯油を買って親子四人、これから荒川《あらかわ》土手に行きます。長い間お世話になりました」

「待て、待て！　わかった、はやまるな。六百円でいい。五百十五円振込料を差し引いて、八十五円送金して下さい。わかりました！」

「おありがとうございます。このご恩は一生、忘れません……」

　支店長は受話器を置くと、かねてより交際中の女子事務員に向かって呟いた。

「おい……瀬古の残高、あといくらだ」

事務員はぼんやりとキーボードを叩いた。

「ええと、百十七万八千六百十五円、です」

「そうか……毎月八十五円ずつ返済して、ザッと千百五十年、か……」

「店長、わたしたち、わたしたち……」

支店長はワッと泣き伏す恋人の肩を、優しく抱き寄せた。


――と、くやし涙にくれながら支店長が説明をしているころ、軍曹はメモを頼りに、荒川区南千住界隈のゴタゴタと古い家並の建てこんだ一角を訪ね回っていた。

迷路のような路地を歩き、腐ったドブ板を踏んで、軍曹は屋根が傾き軒庇《ひさし》の破れた長屋の前に立った。

夕まぐれの空には凩《こがらし》が鳴っている。

ガラス戸の向こうに灯りはないが、雪の上に真新しい足跡が記されていた。いくどか呼んでも返事はなかった。こんな晩に、灯りも火の気もない家の中で母子がふるえているのかと思うと、呼びかけることさえ勇気が要《い》った。

「怪しい者ではない。こわがらなくて良いぞ」

なるたけ上品に、セロのようなバリトンで軍曹は呼んだ。それは相当に怪しく、怖ろしげな声であったが、やがてガラスの向こうに人の気配がした。

「どちら様でしょうか。うちにはもう、一円のお金もありませんが……」

困り果てた母親の声がした。

「いや、昨晩は失礼しました。事情を聞き、多少なりともお力になれればと、参上した次第であります」

鍵が開けられた。やつれた母の背中に、二人の男の子がとりすがって、こわごわと軍曹を見上げている。

「怖がらなくて良いぞ。おじさんはな、顔は怖いが、心はやさしいのだ。お不動様や仁王様と同じだ。さ、これを食え」

と、軍曹は行きがけに買ってきた山のようなビッグマックの袋を差し出した。

「知らない人から物をもらっちゃいけないって、ゆうべのやさしいおじさんが言ってた」

指をくわえてマクドナルドの袋を見つめながら、兄の方が言った。痩せた首に、見馴れたピスケンのマフラーが巻かれているのを見て、軍曹は微笑《ほほえ》んだ。

「そうか、良い子だな。しかしこれは施しではない。手みやげだ。遠慮せずに食え」

子供らは許しを乞うように、母の顔を見上げた。真っ暗な奥の部屋から、父親の力のない咳が聞こえた。

「おはずかしいところをお見せして……電気も水道も止まっておりますものですから」

母親はツヤのないひっつめ髪をかき上げて、汚れた前かけのポケットからマッチを取り出した。

下駄箱の上に立てられたろうそくに火を灯すと、荒れすさんだ家の中がぼんやりと映し出された。

「おはずかしいのは、こちらの方であります。あいにく浪々の身ゆえ、満足なご助力もできない。これは誠に些少《さしょう》ではありますが、お薬代の足しに……」

軍曹はろうそくの火に瞳をかがやかせながら、札入れをマクドナルドの袋の中に落として子供の胸に押しつけた。子供らはワーイワーイと叫びながら、奥の間の闇に消えた。

「どなたか存じませんが……ありがとうございます。地獄に仏とは、こういうことなのですね。汚いところですが、どうぞ」

「いや、かえってご病人がお気をつかう。自分はここで、門番のマネゴトをさせていただきます。さ、腹ごしらえをして、今日はゆっくり休まれよ。食べて眠れば、また新しい力も湧いてくる」

「それではあんまり……」

「軍人にできることは、これだけでありますから」

「なんて、おやさしい……」

「いや、これは使命であります。国を守るということは、民草《たみくさ》のくらしを守るということ。よその国のわけのわからん戦さで死ぬわけには行かぬが、餓えた子らのためなら、いつでも命は捨てましょうぞ。ささ、お気をつかわず、ゆっくりと休まれよ」

軍曹はそう言うと、上がりがまちに腰を据え、まるで巌《いわお》の上にあるようにガッシリと腕を組んだ。

南ウイング

廊下では体育会系の挨拶が続けざまに起こった。荒々しく社長室のドアが開かれ、このところさらに貫禄を増した二代目金丸組若頭《かしら》・福島克也《ふくしまかつや》が姿を現わした。

銀行でいえば、まさに本社監査役級の大貫禄であった。社長室に居残っていた丸金リースの幹部たちはとっさに慇ぎわまで飛びのき、神の顕現《けんげん》を見たように、ひれ伏し、拝礼した。

「こりゃ克兄ィ。わざわざご足労下さいまして。で、今日はまた、何か」

直立不動のまま、海野安夫は言った。

「何か、じゃねえだろ」

今や飛ぶ鳥も落とす勢いの眼光に射すくめられて、海野は用意していた言葉を失った。

「ゼニはどうした」

「へい。それが……」

渡世に言いわけは通用しないのだと、海野は唇を嚙んだ。

「申しわけありやせん。責任はあっしが取らせていただきやす」

「バカタレ」、と福島は小声で、しかもはっきりと言った。

「は？」

「ヤス。おめえ、身ゼニを切ってたな」

「え、そんなこたァ、ありやせん」

「いや、違えねえ。商売が悪けりゃ悪いで、じゃあ今月はこれだけ、ってえ相談があるのがスジだ。他のエダはみんなそう言って頭を下げてきている。それがおめえの所だけ、先月までキッチリ二千万ずつ詰めて、今月はゼニがねえってのは、てめえの財布がカラになった証拠じゃねえか」

海野は福島の炯眼《けいがん》に驚いた。何という明晰な、柔軟な、そして度量の広い人物であろう。この人はなんでヤクザになんぞなったのだろうと、居合わせた誰もがそう思った。

「商売のゼニと家族のメシ代を一緒くたにするバカがいるか。もし万が一、てめえの身に何かあったら、女房子供はどうなる。金貸しにでも頼るのか。このバカタレ」

福島克也はそう言うと、内ポケットから封筒を抜き出して海野の胸に投げた。小切手が入っていた。それは海野がこの数カ月間に工面した身銭と、ほとんど同じ金額であった。

「それじゃあ、克兄ィは何もかも……」

「知らんでどうする。おめえと俺とは二十年前、シャコタンのスカGをぶっ飛ばしていた暴走族《ぞく》のころからの付き合いじゃねえか。水臭えぞ、ヤス」

へへえ、と海野は怖れ入った。さすがはもと手下二千人といわれた『荒川スパイダー』の初代アタマである。

「ま、こういうご時世じゃ、何の商売だっていいはずねえよな。ここは辛抱だ。そのうち本格的に不景気になって、企業の設備投資が停滞してだな、その分、中小企業が圧迫される。となると、消費活動がいよいよクスブる。そうなりゃ銀行のへんてこな個人ローンなんてひとたまりもねえよ。あんなもの自由競争だなんてきれいごとを言うが、早え話がバブルの遺産だからな。そのうちまたノンバンクの天下がくるさ。ここは肚を据えて、人間だけを手放さねえようにするこった。わかるな、ヤス」

福島のまなざしには慈愛の色すらあった。この男は歴史を変えるだろう。ヤクザという一種の負の文化を、まったく平和裏に社会生活と融合させ、しかも文化としての本質を損なわせずに変容させることを、この天才的極道は目論んでいるに違いない。そしてたぶん、福島克也はそれを実現する――海野は頭を垂れたまま身慄《みぶる》いをした。

「だがな、ヤス。ひとつ気になるんだが――おめえ、また町金殺しのセコハンに嵌《は》まってやがるな」

「え、そこまでご存知で」

「おお。俺のコンピュータは優秀だからな。おめえばかりじゃねえ、八年前に引っかかったはずの銀行や公庫やノンバンクが、またみんなやりくられていやがる。まったくすげえヤツだよなあ」

「へえ。しかし今度はやられやしません。必ず取り立ててみせます」

「おう、そうしろ。ああいうケースを野放しにしておくと、のちのち業界の致命傷にもなりかねねえからな。俺も協力するぜ」

「へい。絶対に逃がしやしません」

福島克也が帰りかけようと立ち上がったそのときである。廊下でまたひとしきり、体育会系の挨拶が連呼されたと思うと、社長室のドアがバアンと蹴破られた。

「わわっ、アニキのアニキのアニキ！」

「ひえーっ、ピスケンの大兄ィ！」

幹部たちは伏し拝むというより、むしろ逃げまどった。

「あれ、こいつァ、健兄ィ……」

予期せぬピスケンの登場に、福島克也は慄え上がった。

何がどうだというわけではないのだが、この男には問答無用、理屈抜きの貫禄が後光のようにさしているのであった。それはもちろんきょうび珍しい血と硝煙の貫禄、平たく言えば、ひとごろしの貫禄である。

黒革のトレンチコートを羽織り、浅黒い顔にニタリと意味不明の笑みをこぼすその異様な存在感は、まさにコルト・ガバメントの量感そのものであった。

「てへっ、なにがアニキだバッカヤロー。おい克也、かっこつけてんじゃねーぞ。この部屋住みの小便タレ。ン？　誰かと思や、てめえはヤスじゃねーか。眉毛そるのやめたんか。てへっ、年くってもビビったツラァ昔のまんまだなー、このバカヤローが」

ケッケッと笑いながら、ピスケンは福島克也の頭を一発張り倒すと、ソファの背にひょいと股がった。

「アニキ、そんな身もフタもねえことを……もちっと、出方ってえのを考えてもらわねえと、若い者の前じゃねえですか」

ピスケンの一発でガラガラとアイデンティティの崩壊した福島克也は、しどろもどろに周囲を見渡した。

「ケッ、若え者の前だって？　てめえのケツだって真っ青《つあお》なクセしやがって。このヤロー、部屋住みの時分は毎晩寝小便タレやがってなあ。そのたんびに岩松《いわまつ》の姐《あね》さんにケツひっぱたかれて、いつも青アザつくってやんの。もう治ったか、え？」

「ア、アニキ……怒りやすぜ」

「おお、怒るってか。面白え、怒ってみろ、てめえなんかスマキにして弁慶橋《べんけいばし》からぶら下げてやらあ。この寝小便タレの短小包茎のソーロー野郎」

二十年前の過去をあからさまにバクロされて、福島克也は押し黙った。すべてはいまわしい事実であった。

「ところでヤス。今日はてめえに用事があってきた。良く聞けハナタレ」

「へ、へい。何でしょう、アニキ」

「てめえ――米買うゼニ、貸してやがるな」

「え？　米買うゼニって、何ですそれ」

「とぼけるなクソッタレ。貧乏人の米買うゼニだけァ、貸しちゃならねえのが、金貸しのモラルじゃねえのか。弱きを助け、強きを挫《くじ》く。それが仁侠の道だぜ」

「すげえきれいごとを……」

「おっおっ！　てめえ仁俠道をきれいごとと抜かしやがったな。もう勘弁ならねえ、こうなりゃてめえを殺《と》って、もういっぺん懲役かけてやる！」

内ポケットに手を入れるピスケンを、男たちは必死で押さえつけた。

「わかった、わかりやしたアニキ、わかったから無茶しねえで下さい。ハイハイ、誰です？　どこのどなたさんの借金を棒引きにすりゃ気が済むんですかい」

ウム、とピスケンは福島の手を振りほどくと、コートの襟を正した。

「わかりゃいい。ええと、何てったたっけな……そうだ、瀬古。南千住の瀬古半之助ってえ客の借用書をだな、破いとけ」

一瞬、場はしらけた。男たちの冷ややかな視線がピスケンに注がれた。

「な、なんでえてめえら。その、人を小馬鹿にしたような目は。おい、克也、何とか言え」

「バカ」

「ん？　今何ていった。もういっぺん」

「バカ。何度でも言います、バカ」

「おい克也。克っちゃん、バカはねえでしょう。かりそめにも俺はあんたのだね……」

「バカです。前々から、もしやそうじゃねえかと思っちゃいましたが」

「……そりゃあよ、俺は学歴もねえし、器量もねえし、女房もいねえし、標準語も良く知らねえよ。だが、バカはねえだろ。ま、仮に本当だとしてもよ……口に出してバカ、なんて……」

「いいえ、アニキはバカです」

「克ッ！　怒るぞ」

福島克也は立ち上がると、やおら灰皿を大理石のテーブルに叩きつけた。

「おおっ、怒りなせえ！　誰が何と言おうと、俺ァ極道の面目にかけて、その瀬古ってえ野郎は許さねえ。許しゃしませんぜ、アニキ」


翌朝――瀬古半之助は女房に揺り起こされた。

「あんた、そろそろ起きて。仕度しなきゃ」

「お、そうか。子供らはどうした」

「ひと足さきに行かせました。小林《こばやし》とおとよが迎えにきましたから」

「よし。人目につかなかったろうな。この前みたいに、そこまでロールスロイスが乗りつけたんじゃ、うまくねえぞ」

「今日はちゃんと表通りまで歩いて行かせました」

瀬古はどっこいしょと起き上がり、とりちらかった部屋の隅の立鏡に向かった。つぎはぎのネルのねまきに垢じみたシャツ。白髪まじりの髪はボサボサに伸び、前歯はみごとに欠けている。

「うん、相変わらず決まってるな――ところで、ゆうべトツゼン現われた妙な男、どうした」

女房は鏡の隣でこめかみの絆創膏《ばんそうこう》を貼りかえながら声をひそめた。

「それが、まだいるのよ。目を開けたまま寝てるの。何でしょうね。あれ」

「まさか新手のキリトリじゃねえだろうな。農協なんか、近ごろけっこうイレギュラーな手使うから」

「それはないと思うわ。いるのよね。ああいうタイムトラベラーみたいなのが。もう一人の仲間はね、丸金リースの借金をぜんぶチャラにしてやるって言ってたけど」

「へえ。そいつァご苦労なこった。で、そいつら、お布施は？」

「ええと、ヤクザから三十万と、そこの門番から五千円」

「えらい違いだな」

「気持よ、気持。ありがたいもんだわねえ」

瀬古半之助は破れた障子の穴から玄関の様子を窺《うかが》った。大男は背筋を伸ばして座ったまま、ゴオゴオと鼾《いびき》をかいている。

「さてと、いちおう置き手紙を書いといてやろうな。心配するといけねえから」

瀬古はそう言ってちゃぶ台の前に座ると、便箋《びんせん》にさらさらと何ごとか書きつけた。


「大変だ！　一大事だ！」

軍曹が血相を変えてボイラー室に駆けこんできたのは、その日の夕刻である。

「よおし、オーケー。直ったぞ軍曹、これでもう寒い思いはしなくてすむ」

広橋は油だらけの顔でキャタツの上から振り向いた。

「寒いとか暑いとか、そんな問題ではない。降りろ、早く降りてこい」

「うわ、危ないっ、ゆするな」

キャタツの上から落ちてきた広橋の体を、軍曹は厚い胸にガッシリと抱き止めた。

「これを見よ。ついに、ついに天はあの親子を見放したのだ」

軍曹の慄える手には、一枚の便箋が握られていた。

（おせわになりました。親子四人、いよいよ寒さも苦しみもない所に参ります。さようなら）

広橋がメガネを外して眼をこすった。

「大変だ。こうしてはいられない。手分けして探そう」

二人はボイラー室を飛び出すと、一目散に階段を駆け下り、玄関の電動シャッターが上がる間ももどかしくたそがれの街に駆け出した。

折りしも、これから理由なき酒盛りに繰り出そうとするベンツが目の前に急停止した。ドアを開けてピスケンが呼んだ。

「おおい、てめえら。グッドタイミングだなあ。克也の野郎がこれから酒飲ましてくれるって。さ、乗った乗った」

軍曹の目が光った。上機嫌で手招きをするピスケンを引きずり出すと、シートに躍りこんで福島克也の胸ぐらを吊るし上げた。

「キサマというヤツは、キサマというヤツは」

「な、何だいきなり」

「キサマなど人間ではない。地獄へ落ちろ！」

「わっ、苦しい。待て、理由もわからずにしめ殺されるわけにゃいかねえぞ。化けて出るにもセリフに困る。わけを言え、わけを」

「自分の胸に聞け」、と軍曹は、書き置きを福島の目の前に突きつけた。

「ん？　何だ、これ」

「とぼけるな。キサマがここまで追い詰めたのだ。今ごろあの親子は」

「あの親子って、まさか、セコ……」

「そうだ。その気の毒な親子だ」

福島はおもむろに軍曹の手を振りほどくと、隣できょとんとする海野安夫に書き置きを手渡した。

「どう思う。ヤス」

しばらく文面をにらんでから、海野は顔をしかめてビリビリと便箋を破り棄てた。

「こりゃあ、八年前と同じ文句ですぜ、アニキ」

不可解な空気が男たちを押し包んだ。

「何だよおめえら。いってえ何がどうしたってえんだよ」

ピスケンはひとりひとりの表情を窺った。

「ともかく、みんなで手分けして探そう」

と、広橋が沈黙から抜け出すように言った。

「そうだ。ともかくそうしよう。話はそれからだ」

と、軍曹が言った。

「いいや」、と福島克也は軍曹を遮るように胸を合わせた。「探す必要はねえ。居場所ならわかっている――みんな車に乗ってくれ」

「おおっ、キサマ、開き直ったな。盗ッ人たけだけしいとはこのことだ」

福島は口を歪《ゆが》めて不敵に笑い返した。ドアを蹴り開け、三人の表情を呆れたように見渡した。

「どうやら雲の上や塀の中からは、世間が見えなかったようですね。世の中そんなに甘かねえってことを、とっくりと見せてやりますぜ。さ、乗んなせえ」

福島克也の物腰には、どことなく幡随院長兵衛《ばんずいいんちょうべえ》のような、穏やかな凄みが感じられた。現役の迫力であった。気圧《けお》されるように、三人の浪人は車に乗った。

「なんでえ、どうなってるんでえ」

「いったい、どうしたというのであろうか」

「福島君、マジメな顔をすると、けっこうおっかないですね」

福島は運転手の若者に小遣銭を切ると、かわりに運転席に座った。ちらりとルームミラーを見、シートの背に片手を置く感じで、斜めに構えた。

「いけねえ、あのポーズは――ヤベエぞ」

あわてて車を降りようとするピスケンの目の前で、オートロックがかけられた。

「やばいって、なにがやばいのだ」

「克也の運転マナーはサイテーなんだ。ハンドルを握ると人格が変わる。何しろ青は進め、黄色は注意して進め、赤は命がけで進め、だからな」

突然、カセットテープが海野の指で入れられ、キャロルの「ファンキー・モンキー・ベイビー」が轟いた。

ベンツは猛然とスタートした。クラクションを鳴らし続け、パッシングをし続け、おまけに運転席から「バカヤロー！」を連呼し続けながら、まるで獰猛《どうもう》な水すましのように夜の街を走り出したのである。


銀座のインターチェンジを駆け上ったベンツは、首都高速湾岸線を嵐のように疾走した。夜景はフロントガラスに迫ったと見る間に、身をひるがえして視界から飛びのいた。ピスケンと広橋は奥歯を噛みしめてうつ向き、体面を気にする軍曹はひとり両手を挙げてウラ声を発し続けた。

京成《けいせい》の虎の子スカイライナーなんてものともせず、JRが威信をかけたN，EX《ナリタ・エクスプレス》も青ざめる速度で、暴走車はアッという間に新東京国際空港のエントランスに滑りこんだ。

さすが肩で息をするベンツから、男たちはバラバラと飛び出した。交番のまん前であった。警笛を吹き鳴らしながら出てきた巡査に振り返って、ピスケンが叫んだ。

「心臓マヒ起こすといけねえから、しばらくそっとしておいてくれ、いいな！」

「わ、わかった」、と巡査は答えた。

一行は団体客を蹴ちらし、啞然とする添乗員を張り倒し、スチュワーデスのケツを一列縦隊でさすって、出発ロビーの雑踏に立った。

「俺たちは第二ターミナルへ行く。アニキたちは南を探してくれ。どこかに、あいつらは必ずいるんだ」

福島はそう言うと、海野安夫を随《したが》えて人混みに消えた。

南ウイングのロビーに走りこんだとたん、三人はハッと立ちすくんだ。

巨大な空間は人の波にうずめつくされている。この中で尋ね人を捜し当てることなど、到底不可能に思えた。

おびただしいチェックインカウンターや観光用のディスプレイ。自動販売機やコーヒースタンドや両替所の間を、人々は無数の昆虫のように動き回っている。

高い天井から、白とオレンジの照明が降り注ぎ、ロビーの混沌をふしぎな異界の色に染めている。

清浄な空気の中を、ときおり嗅ぎなれぬ香水や葉巻の匂いが、刺客のように通り過ぎて行く。

「俺は、俺は信じぬぞ。こんな所にあの親子がいるなんて」

軍曹は初めて目のあたりにする世界の入口に立ちすくんだまま、ぼそりと呟いた。

「何でえ、こいつらみんな外国へ行くのか、うそだろ」

いまだに一ドルが三百六十円だと信じて疑わぬ二人であった。

「ともかく探そう。軍曹はあっちのチェックインカウンターに沿って、ケンちゃんはこっちのバスレーンがわだ」

呆然とする二人の背を押し出すと、広橋は南ウイング全体を俯瞰《ふかん》する見学者ロビーに昇った。

桟敷《さじき》の手すりに寄りかかって、眼下に繰り広げられる光景に目を凝《こ》らす。

ふと、かつて数え切れぬほど出入りした、この世界への入口が、何かアルバムの中のくすんだ写真のように思われた。

自分はいつも、国家を背負ってこのロビーに立っていた。視察、研修、サミットの随伴《ずいはん》――そして妻との新婚旅行に旅立ったのも、この南ウイングであった。

広橋は遥かな栄光から目をそむけるように、窓の外を見た。

円形の桟橋《サテライト》には、ルフトハンザの紺色の尾翼と、ノースウエストの真紅の尾翼とが並んでいた。光の涯《はて》の滑走路の闇に、赤と青と緑のランプが宝石を撒いたように輝いている。着のみ着のままのスウェットスーツに運動靴をはいた自分の姿が、いかにも世界中から忘れ去られたもののように思えた。

〈ユナイテッド航空八二六便ホノルル行きのお客様は、只今《ただいま》から三十五番ゲートよりご搭乗下さい〉

英語のインフォメーションが続いた。聞き慣れたそれを、ふと口ずさんでいる自分に気付いた。

出国手続に向かう人の群が、ロビーの中央の階段へと吸いこまれて行く。

そのとき、広橋は人混みの中に、異様な風体《ふうてい》の親子づれを発見した。

尋ね人の顔は知らない。しかしお揃いのミンクのロングコートを着て、楽しげに語らいながら出国手続に向かう四人の家族が、訪ねる瀬古半之助とその妻子に違いないと、広橋は直感した。

階段を駆け下り、人混みをかき分けて広橋は走った。走りながら、自分が彼らを探さねばならぬ理由について考えた。彼らを呼び止めるまでに、その理由を見つけなければならない。しかし——そのことにいったい何の意味があるのだろう。

広橋は考えあぐねた。そして、ただ下世話な興味のためだけに、こうしているのだと気付いたとき、彼は人混みの中で立ち止まった。

人々は訝《いぶか》しげに広橋を避けて通り過ぎた。

ミンクのコートを着た小さな男の子が、珍しげに広橋の顔を見上げている。

「おじさん、顔、汚れてるよ」

それは逆毛《さかげ》の豪華な襟に白いうなじをうずめた、珠《たま》のような貴公子であった。

広橋は油だらけのスウェットスーツの肩で、頬を拭った。

「ありがとう、ぼうや」

腰の高さから見上げているのに、なぜか広橋を見くだすような目で少年は言った。

「ありがとうって、何にもあげないよ。他人に物をもらうのはドロボウと同じだから」

エスカレーターの前で、家族が少年の名を呼んだ。お揃いのミンクのコートを着た母親が手招いた。

〈二十時四十五分発ユナイテッド航空ホノルル行きは、只今ご搭乗の最終案内をいたしております。ご搭乗のお客様は三十五番ゲートまでお急ぎ下さい――〉

妻と二人の子供の姿はエスカレーターに吸い込まれた。

「瀬古さん、瀬古半之助さんですね」

広橋は男の背中に向かって言った。瀬古はべつに驚くふうもなく、むしろ大儀そうに磨き上げたブーツの踵《かかと》を鳴らして振り返った。

「なんだ、金貸しか？　ずいぶん貧相なヤツだな、あんた。名前を気やすく呼ばれるのは迷惑だ」

　両手にちりばめた宝石やブレスレットをかがやかせて、瀬古半之助はミンクの襟をかき合わせた。前歯の欠けた口元に、捉えどころのない笑みが浮かんでいた。

「用事がないなら、行くぜ。仕事は終ったんだ。帰らせてもらう」

「瀬古さん、あんたの仕事は、間違ってやしないか」

　去りかけながら男はもう一度振り返った。

「いいや、間違ってやしない。本物の金儲けってのは、世界中にふたつしかないからな」

「ふたつ――？」

「そうだ。ひとつは金を貸して利息を取ること。おまえさんたちの仕事だ」

「もうひとつは？」

　瀬古は空洞の前歯を剥《む》いて、風のような笑い声を立てた。

「もうひとつか？　そりゃ決まってるだろう。金を借りて、返さないことさ――」

　エスカレーターの上でそう言い残すと、瀬古半之助の姿はかがやかしい世界の入口に向かって、ゆっくりと沈んで行った。

真夜中の喝采《かつさい》

謀殺

元朝陽《ちようよう》新聞政治部記者・草壁明夫《くさかべあきお》が深夜番組の生出演を終えてテレビ局を出たのは、午前一時のことであった。

番組の内容は、政界と暴力団との癒着《ゆちやく》について暴露したものである。この数カ月にわたって彼が週刊誌に連載している実名入りの記事を受ける形で、テレビ局が深夜の番組枠を用意したのであった。

昨年の夏、草壁は与党の実力者・山内龍造《やまうちりゆうぞう》が、広域暴力団・天政連合会から賄賂《わいろ》を受け取る現場をスクープした。

長い記者生活の経験から、その種の特ダネが圧殺される可能性を危惧した草壁は、二十年間つとめた社に辞表を提出したのち、およそ考えつく限りのマスコミ各社に、スクープ写真と記事を匿名で送りつけたのである。

学生運動家から新聞人へと、節《せつ》を曲げることなく生きてきた草壁は、自分の利益など毛ほども考えてはいなかった。

しかし誰が言うともなく、派閥の領袖《りようしゆう》のひとりを失脚させ、与党に大打撃を与えた張本人が「朝陽の草壁」であるという噂は、一種の英雄譚《たん》のように語り継がれていた。

草壁は一躍、言論界の寵児《ちようじ》となった。二十数年間、鬱積《うつせき》していた言い分を、彼はまるで小さな体から毒でも吐き散らすように、一気に語り始めた。

マスコミは競って彼のためのデスクを用意し、野党は議席の準備をした。しかし草壁は、在野の言論人としての道を選んだ。二十年間すこしも変色することのなかったコミュニストとしての誇《ほこ》りが、そうさせたのである。

——通用口を出ると、ときならぬ喝采が沸き起こった。

送りに出たプロデューサーの川口《かわぐち》は、思いがけぬ歓声に立ち止まった草壁の肩に手を置いて笑いかけた。

「俺の言葉がお世辞じゃないってわかったろう。オン・エア中も電話が鳴りっぱなしだったんだ」

草壁は白髪の目立つ豊かな長髪をかき上げて、照れ臭そうに笑い返した。

「ありがたいもんだね。だが、君らの言う〈数字〉にはなったのかな」

「いや、視聴率がどうのという問題じゃないさ」、と川口は真剣なまなざしを向けた。「テレビを見るように世の中を見てはいけないというあの言葉は、こたえたな。ドキリとさせられた」

「ああ、思わず口がすべってしまった」

「そうじゃない。目からウロコが落ちるような気がしたんだ。昔を思い出したよ、おまえはあのころとちっとも変わっていない。たいしたものだ」

「べつにそうほめたことでもあるまい。みんなが変わっちまっただけだよ」

「そうか――そうだな。もっとも俺だってその一人には違いないけど」

通用口は若いモニターたちでごった返していた。放送中のスタジオの熱気そのままに、草壁明夫に向けられた拍手は鳴りやまなかった。

「こんどは彼らをまじえて、公開討論会でもやるか」

「いいね。山内龍造でも引っぱり出してくれよ。ひとつ政治と世論とを対決させてみようじゃないか」

「よし、山内はどうか知らんが、その企画は立ててみよう。がんばってくれよ草壁、おまえには世論がついているんだ」

若いアシスタント・ディレクターが、タクシーの配車カードをもってきた。

「勝手なことをしゃべったうえにアゴアシつきなんて、何だか申しわけないな」

「まっすぐ帰るのかい？　もし良かったら――」

川口プロデューサーの誘いを、草壁は丁重に断わった。朝までに仕上げねばならない原稿があった。明日の予定もびっしりと詰まっている。不遇な時代には毎夜浴びるように飲んでいた酒も、ずっと口にしていなかった。そんなことは考えもつかぬぐらい、今の彼にはやらねばならぬことがいくらでもあった。

「そうか、残念だな。じゃあ、車を降りるときに、このカードにサインをしてくれ。日本中どこでもいいぞ」

川口の冗談を遮《さえぎ》るように、クラクションを鳴らしながらタクシーが横付けされた。

「三軒茶屋《さんげんぢゃや》までじゃ、もったいないな、少しドライブでもして、今夜は熱海《あたみ》か箱根《はこね》に一泊するか」

冗談を返すと窓ごしに笑い合って、二人はもういちど堅い握手を交わした。

車はモニターたちの喝采《かっさい》に送られて、夜の街へと滑り出した。

草壁明夫は鞄《かばん》から書きかけの原稿を取り出すと、リヤウインドウの明かりに透かした。

彼がこのところ精力的に活動を始めたことには理由があった。元大蔵大臣・山内龍造が、第一回公判を前にして保釈されたのである。

山内は地検特捜部の取調べに対して、一貫した主張を続けていた。賄賂は天政連合会が勝手に準備したもので、自分は一切関知していない。受け渡しの現場となった大学病院の特別室にも、個人の立場で見舞ったにすぎないのだ、と。

逮捕までの間に十分な口裏合わせをしたのだろうか、贈賄側の調書も山内の主張と完全に一致していた。

草壁は公判までの残された時間に、知る限りの資料を公《おおやけ》にしておかねばならなかったのである。

「鷲《わし》とハイエナ」と題する、山内龍造と暴力団との関係を暴《あば》いた週刊誌の連載読物は、公判を三週間後に控えた今も順調に進み、大きな反響を呼んでいた。

言うまでもなく草壁の狙いはただひとつである。かつてさまざまの疑獄事件のたびにその名を取り沙汰されながら、いつも灰色のまま罪をまぬがれてきた山内龍造を、永久に政界から葬り去ることであった。

裁判官が看過《みす》ごすことのできぬ決定的な資料を発表し、同時に世論をも導いて行く。山内龍造という不死身の妖怪を退治する手だてはそれしかないと、草壁は信じていた。

「熱海ですか、箱根ですか――」

ふいに低いしわがれ声で、運転手が言った。

「あ、いや、さっきのは冗談だよ。三軒茶屋に行ってくれ」

「三軒茶屋、ですね」

タクシーは轍《わだち》を軋ませて夜の麹町《こうじまち》を左折すると、霞《かすみ》が関《せき》の高速インターに向かった。

「灯りをつけても、いいかな」

どうぞと、運転手は言った。上等な車種の個人タクシーであるらしく、シートには白いカバーが掛けられ、ドアの上には読書用のスポットライトが装備されている。

灯りをつけ、鞄の中から資料の束をつかみ出した。貴重な極秘書類はすべてを持ち歩いている。

野党議員や選挙区の対立陣営、退職した検事やマスコミ関係——あらゆる方面からひそかに提供された情報である。それらのひとつひとつは断片的な力しかなかったが、クロスワードパズルの鍵のようにつなぎ合わせてみると、壮大な悪の図式がありありと浮かびあがるのであった。

三宅坂《みやけざか》の信号で停止したとき、運転手が湯気の立つプラスチックのコップを差し向けた。

「少し冷めてますが、よろしかったらどうぞ」

「やあ、これはありがたい」

寝不足の体にしみ渡るような、苦味の利いたコーヒーであった。

「お客さん、さっきテレビに出てらしたでしょう」

「見てらしたんですか」

「ええ。このテレビでね」

運転手は白い手袋の指先で、ダッシュボードの脇に埋めこまれた小型テレビを示した。

「なかなかご立派なことをおっしゃっていらした。しかし、ああいうことを言って、怖くはないんですかね」

「怖いって？」

「ほら、良くあるじゃないですか、小説とかドラマに。じゃま者が消されちゃうっていう話」

コーヒーを飲み干して、草壁明夫は苦笑した。

「日本は世界一の法治国家です。言論が暴力で封殺されるようなことはあるわけはない。あってはなりませんよ」

「へえー、そんなものですかねえ。私らからみると、あんなことまで言っちゃって大丈夫なのかしらんって、心配になりますけどねえ」

タクシーは銀座からの帰り車で意外な混雑をする霞が関のインターチェンジから、首都高速道路に入った。

「テレビにコーヒーか。こう不景気じゃ、運転手さんも大変ですね」

「ええ、まあ。何たって値上げが続いたんじゃ、客足も遠のきます。お客さんのためなら、私ら何でもいたしますよ」

車がトンネルに滑りこみ、環状線と合流したとき、草壁はふいに地の底に沈むような強いめまいを感じた。行きかうテールランプが凄まじい速度で天に向かって駆け上がるように思えた。

「どうかなさいましたか」

「いや……何だか急に眠くなった」

「お疲れなんですよ。ずっと緊張していらしたんでしょう。テレビ局からお乗りになる方は、みなさんおやすみになります。どうぞ、ご遠慮なく。着いたら起こしますから」

「ありがとう……そうさせてもらうよ。三軒茶屋で下りたら世田谷《せたがや》通りに入って……環七を右折……して……若林《わかばやし》の陸橋の……」

疲れているんだ、と草壁は遠のいて行く意識の中で思った。

ルームミラーから目を離すと、運転手はダッシュボードを開け、携帯電話機を取り出した。帽子を助手席に投げ、思いがけずに若い横顔を、ちらりと後部座席に向けた。

「やっぱり箱根に行きましょうよ。ねえ、草壁さん――」

ひどい夢だ――。
両脇を抱えられて暗闇の中を引きずられながら、草壁は思った。

重い瞼《まぶた》をけんめいに持ち上げる。自分の体をどこかに引いて行く男たちの背中が見える。

蝙蝠《こうもり》のけたたましい羽音が間近に聞こえる。枯葉を押し分けて、見知らぬ遠い場所に運ばれて行くようだ。だらりと垂れた頭を、支え上げる力もない。

深い木立ち。動かぬ手足が、びっしりと鳥肌立っているのがわかる。寒い。救《たす》けを呼ぼうとするが、声は咽《のど》にからみついて呻《うめ》き声になるだけだ。

男たちの足が止まった。

「目ェ覚ましましたで」

「かめへん。大声だしたかて、誰もおらへん山ん中や。放っとき」

男たちは再び歩き出した。緩い勾配を下って行く。やがて地をはうように、かすかな水音が聞こえてきた。みぎわが近い。枯葉の道が、乾いた砂地に変わった。

もういちど、眼を持ち上げる。男たちの影の向こうには、果てしない闇があった。

靴音が桟橋を踏む。一人が足を持ち、乱暴にボートの底に落とされた。

「おっと、堪忍や」

男たちが、前後に乗りこむと、ボートはあやうく揺れた。

満天の星である。マスクをかけた一人が顔を覗きこんだ。

「なあに、じきに痛くも痒《かゆ》くもなくなるわい」

オールを軋ませて、ボートは水面に漕ぎ出した。

「遠くまで出んでええぞ。岸から見えるあたりでな」

しじまの中をしばらく進み、漕ぎ手はオールを止めた。

「よっしゃ。ここらでええ。天政のバッチ、投げとき」

「へい。あれ、アニキこのバッチ、ダイヤ入りの金バッチじゃないの。たいそうなもんやなあ」

「うちらの金バッチより一枚うわてやで。本家の直系組長と執行部、総長のお目見え以上しか付けられへんバッチや。せいぜい三十人がええとこやろ」

「へえ。三十人かそこいらじゃ、みんな別件で捕《と》られてまうがな。迷惑なこっちゃ」

草壁は満身の力をこめて片手を上げると、船べりを摑《つか》んだ。麻酔を打たれたように掌の感触はなかった。

風は凪《な》いでいる。タバコの匂いが鼻をついた。

「ブン屋さんよ、名残りの一服、面倒みたろかい」

煙を吐きかけながら、革手袋をはめた指先が、目の前にタバコの火を差し出した。

言葉は咽にからみつくだけで声にはならない。草壁は覗きこむ男の顔めがけて唾を吐いた。男は顔をそむけると、タバコの火を草壁の瞼に押しつけた。

痛みはなかった。肌の焼ける匂いを嗅いだとき、草壁はぼんやりと、ここで殺されるのだと思った。革手袋がネクタイを摑み上げた。

「おう。関東者と一緒にすなや。わしらは殺《と》った殺られたの極道やで。星野組《ほしのぐみ》の代紋《だいもん》に唾はいて、命があると思うとるんかい」

「アニキ、しょうもないこと言わんとき。命とるのは決まってることやないの」

「あ、そうか。そやったな、殺す者を脅かしても始まらんわな」

男は草壁から手を放すと、甲高い声でへらへらと笑った。

囁きかけるように、さざ波が船底を叩く。子供のころに見たプラネタリウムのような星空だと、草壁は思った。

「音は平気ですやろか。絞めちまったほうがええんとちゃいますか」

「いや、そういうのは好きやない。気色わるいわ」

男は手ばやく草壁の体から、革の半コートを剝ぎ取った。

腰に手を回して拳銃を抜き出す。月明りにすかしながら安全装置を解くと、銃身をしっかりとコートで被った。

湿った革の重みが顔にかぶさると、冷たい、氷のような銃口が瞼にあてがわれた。

草壁は感触のない指先でもがいた。左手が馬乗りになった男のズボンを摑んだ。それ以上の力は、体じゅうのどこにも残ってはいなかった。

（ペンを、紙を——）

草壁はそれだけを神に希《ねが》った。暗闇の中の、決定的な死の淵で草壁明夫が望んだものは他に何もない。それさえ手に入れば、まるで物語の秘剣のように、たちまち男達を弾き飛ばすことができるのだと信じた。

船底をまさぐる右手に、コートのポケットから転がり出たボールペンが触れた。神が下され給うたのだと、草壁は歓喜した。軸を握ると、動かぬ体のうちから、突き上げるような勇気が湧いた。

旗の波。炎と硝煙。無数の拳とシュプレヒコール——遥かな青春の日々がありありと脳裏に甦ったとき、突然はげしい衝撃が草壁の体をゆるがした。

頭のま後ろまで船板が破れた。溢れ出る水がうなじを浸した。

「あかん、下まで撃ち抜いてもうた。薄っぺらな頭やなあ」

遠くで男の声がした。水音も話し声も、それきり聞こえなくなった。

何という静けさだろう。草壁明夫は自分の体が、あらゆるいましめから解き放たれて、満天の星に吸い上げられて行くように感じた。

（紙、紙を……）

最期に、そう思った。

黙座する証人

真夜中のラウンジで上等のドイツワインをくみ交わしながら、三人の男たちはステージに置かれた大画面に見入っていた。

「ウム。あの男、もと全共闘のリーダーだとか紹介されておったが、なかなかどうして、言うことに筋が通っておる。ウム、同感だ。さすがヒデさんの知り合いだけのことはある」

迷惑そうにチラと軍曹を見て、広橋秀彦は言った。

「それよりもさ、頼むから何か着てくれないか。せめてパンツをはくとか」

「いや。俺は思うところあって、生涯パンツははかぬと誓ったのだ。べつに他人に見せてはずかしいものでもなし」

「そっちが恥ずかしくなくってもさ、迷惑なんだよな。何だか飯場で焼酎でも飲んでいるような気分だ」

「そうか。迷惑か。や、これは失敬、失敬」

軍曹は片肘を張ってワインをガバッと流しこむと、かたわらのバスローブを羽織った。

「フムフム。そうだ、その通り！　金銭で政《まつりごと》を曲げた罪は万死に価するぞ。おおっ、たいしたものだなこいつ。とても一介の町人とは思えぬ」

ピスケンが三白眼を剝いて、バスローブの襟に摑みかかった。

「てめえ、ちったァ黙っていられねえのか！　ああでもねえこうでもねえと、こいつァてめえと話してるわけじゃねえんだぞ」

「ハハッ、すまぬすまぬ。こういう性分でな。体が動いておらぬときは、せめて口だけでも運動させておらぬと生きて行けぬのだ。許せ」

「許せねえよ。第一なんだ、人を見りゃ町人町人って、てめえは何様だと思っていやがる。少なくともこいつァ、てめえなんぞよりずっとマシな頭をしてるんだよ」

「それは知れたことよ。しかし、体の構造については明らかに俺がまさっておる」

「当ったりめえだ。てめえの体を他人と較べるな、この露出狂」

「ム。言うにこと欠いて露出狂呼ばわり。これは聞き捨てならぬ。だいたいキサマのように、彫物を入れたり指をチョン切ったりする親不孝者に、肉体の尊厳を語る資格はない。だまれ」

「おっ、おおっ、野郎、言いやがったな。人の身体的欠陥をあしざまにいうとア、どういう了見でえ。もう勘弁ならねえ、ブチ殺してやる」

　ピスケンは立ち上がって、胴巻からコルトを抜き出した。

「よおし、やるが良い。キサマのヘナチョコ弾に当たって死ぬ体ではないわ。さあ撃て、撃たんかバカタレ」

　軍曹も立ち上がって、自慢の大胸筋に力をこめた。

　テレビに目を凝らしたまま、広橋は二人の友人を押し戻した。

「よしな。撃ったら死んじゃうよ」

　それもそうだと、軍曹とピスケンはアッサリ席についた。ともに熱しやすく冷めやすいたちであった。

「キミらも少しはこの草壁君を見習ったらどうだい」

　広橋の言葉に、二人は顔を見合わせた。

「見習えって言ったってよ。俺、むずかしくってわかんねえもんな。なにせ、中学を退学になって、それっきりだもんな」

「そうだ、俺も、いちどテレビに出たことはある。不本意な犯罪者としてな。しかし画面に顔がはいりきらなかったのだ。自分で見て、自分で笑ってしまった。この顔ではとてもゲストコメンテーターなどつとまらぬ。深夜のホラー番組になってしまうぞ。ハハハッ、ああ考えただけでおかしい」

「そうじゃないって」、と広橋はテレビを見つめたまま言った。

「草壁君はね、辛抱のできる男なんだ。じっと自分の思うところを曲げずに今日《こんにち》までできた。信念を持ち続けるということは、あらゆる現実を堪え忍ぶということさ。すばらしい男だよ、彼は——キミらと同様にね」

二人は萎《な》えしぼんで、おとなしくテレビを見始めた。

放送が終了すると、出演者の挨拶に答えて「ごくろうさまでした」、と揃って頭を下げた。

「やっぱ、えらいヤツだぜ、あいつ」

スイッチを切って、ピスケンはしみじみと呟いた。

「俺だったら、おっかなくって言えねえもんな、あんなこと」

「そうだ。あの勇気はただものではないぞ。ヤクザと政治家を相手に戦さを挑んでいるのだからな」

グラスを持つ広橋の手が止まった。息を詰め、考え深げにメガネの縁を指先で押し上げた。

「どうした、ヒデ」

「え……いや。そういうところまで考えていなかったものだからね。たしかにそうだな、少し身辺に気をつけるように、言っておこう」

番組に入る前に、広橋と草壁は夕食をともにしたのであった。つい数時間前のことである。

草壁は公判の日程を教え、検察側からの証人を請われたときは承諾してほしいと、広橋を説得した。かつて山内代議士の秘書をつとめ、収賄の罪をかぶり、しかも今回の一件の一部始終をも知り尽くしている広橋は、もし召喚されれば決定的な証人となるに違いない。

もちろんさきの疑獄事件で広橋を起訴した検察が、あえて彼を証人とするかどうかはわからない。そして広橋にとっても、それは耐えがたい。すべては終ったことであった。

「つらい立場は良くわかります。しかし、大局に立ってほしいんです。あなたの証言で日本の将来が変わり、政治のモラルが見直されるかも知れないんです。いや、きっとそうなる。どうかお願いします」

解答を出す勇気が、広橋にはなかった。すべてを喪った事件のいまわしい記憶が、昨日のことのように甦ってきた。

「まるで墓場をあばくようなものだよ、それは」

広橋は目を伏せて答えた。

「だが、あなたは死んだわけじゃない」

「いや、とうに死んだ人間さ」

草壁はまっすぐに広橋を見据えた。

「あなたが証言台に立てば、面倒なものは何もいらないんです。山内のすべてを知っている人間は、広橋さん、あなただけなんですから」

「ぼくはもう、かかわりあいたくないんだ、山内龍造とは。だからあのスクープを、君に教えたんじゃないか。めんと向かって争うのなら、始めから自分でやっていたさ」

「いや」、と草壁明夫は強い口調で言った。

「それは違うよ、広橋さん。あなたは自分の使命を放棄しているんだ」

「ぼくの使命はとうに終ったよ」

「違う、違う」と草壁は長髪をかきむしった。

「あなたは自分を偽っている。あんな政治屋の犠牲になって使命を終えるほど、あなたは安っぽい人間じゃない。ぼくにスクープをさせたのは、決してあなた個人の――」

「復讐だよ。いや、そんなに上等じゃないな。うさばらしだ」

「違う。あなたは政治家としての山内を許さなかったんだ。個人的な復讐なんかじゃない。

国家のために、山内龍造を葬ろうとした、そうだろう」

「あまり買い被らんでくれよ。ぼくはそんなにたいそうな人間じゃない」

広橋は自分の良心と言い争っているような気がした。拒否しながらも心のどこかで、自分を自分以上に知り尽くしている草壁に感謝をした。

視線をはずして、草壁はうつ向いた。

「ぼくは確かに、あなたとは違います。私大出の、全共闘くずれの、反動新聞のドサ回りを二十年もやった……」

「いや、そんなことは関係ない。君は、社会の良心だ」

感謝の気持をこめて、広橋はそう言った。しかしどうしても――もういちどあの証言台に立つ勇気は湧かなかった。

ピスケンと軍曹の言葉で、広橋は彼の命がけの戦いを知ったのだ。なぜ今の今までそんなことに気付かなかったのだろう。

広橋はその夜、まんじりともせずに勇気の存在と不在について考え続けねばならなかった。

ラウンジのソファで広橋は揺り起こされた。

酔えぬ酒を浴びるほど飲んで、そのまま寝入ってしまったらしい。カーテンのすきまから明るい冬の日が差し入っている。時刻は午《ひる》に近かった。

タバコを一服つけて、向井権左ェ門《むかいごんざえもん》はソファの袖《そで》に腰を下ろした。

「のんきな野郎だな、おめえは。仲間を土俵の上に乗っけておいて、てめえは桟敷《さじき》で見物か。酒をかっくらってよ」

向井は溜息とともに、煙を天井に向けて吐き出した。

「ゆうべのテレビ、見たんですね」

「ああ——見たさ」

決して広橋を見ようとしないまなざしが、不吉な変事を感じさせた。

「着替えてきます。メシ、食いましたか」

向井は答えなかった。広橋は気まずい空気を逃れるように立ち上がった。ラウンジの扉の前まできたとき、向井が呼び止めた。

「草壁明夫が、死んだぞ」

広橋の体は石になった。立ちすくんだまま、これが夢ではないことを確かめ、向井の言葉が冗談であることを一瞬、神に祈った。

「なんです。朝っぱらから」

た」

「冗談で言えるか。こんなことが」

ああ、と呻《うめ》いて、扉のノブを両手で摑んだまま、広橋はその場に膝をついた。

「けさ、芦ノ湖《あしのこ》に浮かんでいるのを、遊覧船が見つけた。脳天を一発、撃ち抜かれてい

「向井さん……」

希《ねが》う声を咽にからみつかせて、広橋はようやく言った。

「それは、本当ですか」

「ホトケは小田原《おだわら》署だ。ぼちぼち解剖に回ったかも知れねえ。行ってみるか」

ドアからすべり落ちた手を床について、広橋はうずくまった。からっぽになった頭の中に、ひとつの言葉だけが呪符《じゅふ》のように張りめぐらされた。

(草壁が死んだ。草壁が死んだ。草壁明夫が死んでしまった)

向井権左ェ門は大股で歩み寄ると、鳥打帽の庇《ひさし》をつまみ上げて、広橋の耳元にかがみこんだ。

「なあ、ヒデ。行こうぜ」

駄々をこねるように、広橋は掌の中で首を振った。

いきなり、向井は広橋の胸ぐらを摑み上げると、頰を平手で殴った。

「甘ったれるんじゃねえぞ。線香のひとつも上げたってバチは当たるめえ。そうじゃあねえのかよ、ヒデ」

向井は抵抗もせずにうなだれる広橋の頰を、二度三度と打ちすえた。

「向井さん、俺は、俺は……」

「いいや、言いわけは聞かねえ。半分はてめえが殺したんだ。あんな立派な男を、何でてめえはひとりぽっちで死なせやがった。他人を踊らせて、笛や太鼓を叩いているてめえは卑怯者だ。その小役人ヅラァ、見ているだけでヘドが出らあ」

向井は広橋を吊るし上げると、力まかせに殴り倒した。

「俺ァな、ヒデ。おめえたちをここに隠居させてるわけじゃねえんだぞ。どうした腰抜け、さっさと仕度しねえかい」

六本目の指

濠《ほり》をめぐる屋敷町の一角の、深い蔦《つた》に囲まれた病院であった。

いかにも百何十年か前には城の御典医《ごてんい》であったものが、代を経て医業を継いでいるというふうであった。

解剖を了《お》えるまで、広橋と向井はアール・デコ様式のほの暗い廊下で、県警本部の刑事から説明を聞いた。

刑事の声はひそめるほどに、象牙色のアーチ天井にこだました。扉の中で続いている司法解剖という作業も、何かしめやかな弔《とむら》いの儀式のように思えた。

「ホトケさん、プライバシーは孤独な人だったようですね。何年か前に離婚していまして、今署の方で血縁を探しています」

初めて耳にすることであった。家庭の事情など尋ねたこともなかった。草壁明夫はそのぐらい、生活のにおいのしない男であった。

「知らなかったな。仕事以外には何の道楽もないやつなんだが……」

「そういうケースがけっこう多いんですよ、近ごろ。警察にもおりますよ。家庭をかえりみずに仕事に没頭する男は、それだけで離婚の理由になるんです。その手合じゃないですかね」

「馬車ウマみてえに働いて、あげくに女房子供にあいそつかされたんじゃ、たまらねえな」

と、時代のかかった長椅子の袖にもたれて、向井権左ェ門が言った。

「ほとんど一年おきに支局を転々とさせられて、家族はとうとう九州の博多《はかた》でネを上げた。

家を建てたのをしおにもう動こうとしない。おとうさん勝手に行きなさい、ということになったらしいんです」

「だからといって、離婚までしなくとも」

「さあ。年ごろの子供がいれば、母親にとっては深刻な問題ですからね。単身赴任が次第に疎遠になっていって、なんとなく離婚ということになった。冷えきった末の離婚ですから、かえってタチが悪いですよ。別れたカミさんに電話をしたら、ああそうですか、もう関係ありませんからって、切られました」

草壁明夫の仕事への情熱は、妻や子からみれば異常な偏執としか思えなかったのかも知れない。考えてみれば当然の結果のように、広橋には思えた。

「ところで向井さん――」、と刑事は向井権左ェ門の脇に腰を下ろして、声を絞った。

「被害者《マルガイ》が撃たれたらしいボートの中にね、こんなものが落ちていたんですが。今のところ遺留品はこれひとつです」

刑事はビニール袋を向井に手渡した。窓の光に透かして、向井は呟いた。

「なんでえ。天政のバッチじゃねえか。とんだ落とし物だな」

「どう思います?」

「どうっておめえ。指紋も足跡も残さねえようなプロがよ、こんなもの落とすか」

「しかし落ちていたからには、一応その線も当たらないと」

「よせよせ、ダイヤ入りの金バッチを付けるほどの大兄ィが、殺しなぞやるものか」

「そうは言っても、天政には動機がありますからね。例の政界スキャンダルで若頭《かしら》の田之倉《たのくら》を捕《と》られて、看板を土足で踏まれたようなものです。それにホトケさん、天政のことを知りすぎている。ヤツらにすれば本音としても建前としても、放っとくわけにはいかんでしょう」

向井は不精髭にまみれた顔を歪めて笑った。

「放っといたら、もっと都合の悪いヤツがいるじゃねえか」

刑事はいちど廊下の奥を振り返ってから、小声で言った。

「山内龍造、ですか――まさか代議士がそこまではせんでしょう」

「さあな。だが、きょうびの天政会も、そこまではしねえよ」

向井に断言されて、刑事は考え深げな目をした。廊下の先の、見えぬ闇を見きわめようとでもするような目付きであった。

向井権左ェ門はタバコを一服つけると、剛直な大口の唇の端に喫《す》い口を嚙みしめた。

「おめえ、デカは何年やってる？」

「そろそろ二十年になります」

「そうかい。だが、それっぱかりじゃまだ飯《メシコ》の数は足らねえ」

刑事は振り向くと腕組みを解いて、〈蝮《まむし》の権左〉の険しい表情を見つめた。

「あと二十年。そうすりゃどんなヤマだって、たいていは見えるようになる。デカの勘てえやつだ。だが皮肉なもんだぜ、見えた事件の中にゃ、デカの領分じゃどうともしようのねえものがあるってことにも気がつくんだ。いつかおめえも、そういう立場に立たされて、血の涙を流す日がくる」

向井は立ち上がって窓辺に寄り、歪んだガラスの外の荒寥《こうりょう》とした冬の庭に目を細めた。

「俺ァ、ホトケとの面識はねえ。だが、そのホトケのありがたさは、誰よりも良おく知っていたぜ」

肚の底の悪い澱《おり》を吐き出すような言い方であった。

扉が観音開きに開いた。人より先に、いきなり白い布に被われたストレッチャーが現われて、広橋をたじろがせた。

手術衣を着た院長と初老の監察医が、書類を覗き合いながら出てきた。

窓辺に佇《たたず》む向井権左ェ門に気付くと、監察医はマスクをはずして笑いかけた。

「やあゴンさん。ごぶさただね」

「よお先生か。相変わらず割に合わねえ商売をしてやがるな——おっと、懐かしがってる場合じゃねえんだ。で、どうなんだ、ホトケさんの具合はよ」

苦笑しながら、老監察医は考えた。

「そう急《せ》くなよ、ゴンさん。結果が出るまではメッタなことは言えない」

「何をもったいぶっていやがる。おめえなら結果なんぞ見るまでもあるめえ。そこいらの生きた人間を診《み》てるヤブ医者たァ違うんだ」

咳払いをする院長をやりすごしてから、監察医は向井の腕を引いて廊下の奥へと歩き出した。

「あくまで私見だよ、ゴンさん」

「おお、わかってらあ。その私見てえのが確かなんだよな、おめえは」

「まったく——退職した人間にこんなことをしゃべっていいのかね」

「かまうもんか。おい、何してやがる。ボサッとしてねえでこっちこい」

向井は出番を奪われた刑事を呼びよせた。監察医はストレッチャーの後をゆっくりと歩きながら、小声で言った。

「凶器は二十二口径の小型拳銃。左前額部から一発、後頭部に抜けている」

「一発だけか？」

「そう。くろうとの仕事だな。争った傷はない。抵抗もしていない」

メモを取りながら、刑事が言葉をはさんだ。

「とすると、顔見知りの線ですかね」

「いや、そうじゃないね。胃の中から薬物が発見された」

考えながらさらに二、三歩歩いて、男たちは立ち止まった。

「たぶん、バルビツール酸系の催眠薬だな。それも半減期の短い、チクロパンとかラボナールとかいうヤツ」

「おい、面倒なこと言ったってわかんねえぞ。つまり眠らせておいてやっちまったってえことか」

監察医は白衣のポケットに両手を入れたまま振り返った。

「そこだよ、ゴンさん。実はその面倒なことがポイントなんだ」

「わかりやすく言ってくれねえか」

監察医は日だまりを選ぶようにして、一歩すすんでから立ち止まった。

「短時間作用性のバルビツール酸は、血漿蛋白《けっしょうたんぱく》との結合率が高く、分布容量も大きい。つまり少量で即効性があるというわけだ」

「少しで、しかもすぐに効いちまうってことだな」

「そう。だから同じ催眠剤でも、バルビツール酸系は一般には入手しにくい。市販しているベンゾジアゼピン系とかブロムワレリル尿素に較べると、ずっと危険な薬物だからね。しらふの人間を、そうと気付かせずに昏睡《こんすい》させるのには、これが一番いい」

「ふうん。いよいよプロの仕事ってえわけだ」

「そういうことになるな。だが、そこでひとつ疑問が生まれる。それほど薬物に詳しければ、なにも芦ノ湖のボートの上で撃ち殺すことはあるまい。ほんの少し余分に飲ませて山の中に放り投げておけば、眠ったまま死んでしまう。凍死、ショック、腎不全、もちろん犯罪としてもずっと安全なはずだ」

顔を見合わせる向井と刑事の間に割りこむようにして、広橋が口をはさんだ。

「それは、劇場効果を狙った、というわけですか」

「あなたは？」

と、監察医は訝《いぶか》しげに広橋を見た。

「ああ、こいつはホトケの知り合いだ。いや、ブン屋じゃねえから安心してくれ。口は堅え」

向井がかわりに答えると、監察医は広橋の目を見つめながら話を続けた。

「そう、劇場効果ね。どうやらあなたの方が刑事さんたちより理解が早そうだ。私の考えは実にその通りです。つまり、数時間前までテレビに出演して、ある主張をしていた人間が、頭を撃ち抜かれて芦ノ湖に浮かぶ。ニュースは翌朝の茶の間に、同じ画面から届けられます。これは恐怖ですよ、連続性がありますからね。どんな手を使って彼の言動を抑圧するより効果がある」

監察医は宣告をするようにそれだけを言うと、振り返って歩き出した。

男たちは黙りこくったまま、長い廊下を軋《きし》ませて遠ざかって行くストレッチャーを追った。

摩耗《まもう》した古い石組の冷たさが、足裏を伝ってはい上がるように思えた。純白の布に被われた骸《むくろ》は、ほの暗い廊下を何度か折れ、やがて暗渠《あんきよ》から脱け出るように、裏庭の光の中に出た。

セメントの回廊が病舎とは隔たった粗末な別棟へと続いている。黄ばんだモルタルの壁に「霊安室」と書かれた目立たぬ木札が掛けてあった。

その文字を目にしたとき、広橋は戦慄《せんりつ》した。初めて草壁明夫の死を実感したと言って良かった。

室内は意外なほど明るかった。高窓から冬の日ざしが溢《あふ》れており、床も壁も清浄な象牙色に統一されていた。

安置されたストレッチャーの枕元に、小さな祭壇が調えられ、看護婦が手慣れた動作で花を飾っていた。

「ご焼香、どうぞ」、と手を動かしながら、看護婦は言った。

「近い者からだ」、と向井が広橋の背を押した。草壁明夫の四十数年の人生のうちで、自分がその死に立ち会う最も近しい人間だと知ったとき、広橋の心に魔物のような悲しみが被《おお》いかぶさった。

祭壇に向かって歩き出しながら、布の下で力なく開かれた死者の太腿に手を置いた。慄《おのの》くほどの硬さであった。祈りの言葉は、何ひとつ浮かんでこなかった。

「これは、やることをやった男の顔だね。どうだい」

と、監察医は顔を被った布を開きながら、参会者を見渡した。

違う、と広橋は思った。決して安らかな死顔ではない。唇を堅く結び、けんめいに目を持ち上げようとしている。今もそうして不条理な宿命に抗《あらが》っているように、広橋には見えた。

頭部を包帯ですっぽり包まれているほかは、傷らしいものはなかった。

「もうひとつ、感心したことがあるんだが」

監察医は布を腰まで下げた。灰色の手術衣の胸に置かれた両手は、合掌してはいなかった。左こぶしの上に不自然な形で、半開きになった右掌が添えられている。

「このままにしておこうと、院長も言っていた。どうします？」

向井権左ェ門は思いついたように刑事の手からボールペンを取り上げると、宙を掴むように硬直した死体の右手に握らせた。ボールペンはぴったりと指の間に収まった。

「なるほど、てえしたもんだ……」

ボールペンは、異様に膨らんだペンだこの上に生えた六本目の指のように動かなかった。

ふいに、コンクリートの回廊を硬い靴音が近付いてきた。扉が乱暴に開かれた。

「草壁！」と、恰幅《かっぷく》の良い背広姿の男が、死者の名を呼んだ。「何だ、おい。おまえ、どうしたんだ。何があったんだ、おい、草壁」

男はおろおろと死体を眺め渡し、崩れるように膝を折った。

「どうして、誰がこんなことを」

男に歩み寄って、刑事が「どなたですか」と訊ねた。示された警察手帳から刑事の顔をたぐり寄せて、男は答えた。

「ゆうべ、私が見送ったんです。いったいどうしたっていうんですか」

「関東テレビの方ですね」

そう呼ばれることが苦痛であるかのように、川口プロデューサーはいくども肯《うなず》きながら、額を硬い死者の足の上に伏せた。唸るような嗚咽《おえつ》が洩《も》れた。

部下のディレクターらしい若い男が、扉を開けたまま立ちすくんでいた。思いついたように、ジーンズのポケットから名刺を出して向井に手渡した。

「ああ、きのうの番組の担当の方だね」

向井権左ェ門は名刺を胸に収《しま》うと、刑事を押しのけてプロデューサーの背後に立った。ふるえる背中を見つめ、いまいましげにいちど、ちぇっと舌を鳴らした。

「てめえが、最後の土俵にこいつを押し上げたんだな」

川口プロデューサーは、ぼんやりと顔を上げた。

「さんざ笛吹いて、太鼓叩いて、負けりゃ泣くだけかよ」

向井はいきなり、荒々しい力で男の襟首を引き寄せた。尻餅をついて呆然と見上げる川口の胸ぐらを逆手に握って、向井権左ェ門は大声で叱咤《しった》した。

「おう、テレビ屋。泣いてるヒマがあったら、とっとと弔いの段取りをしねえか。こいつにすがって泣くのァ、てめえがあの世に行ってからでも遅かァねえ」

別件逮捕

供述調書を録取《ろくしゅ》されながら、話す内容のあまりのバカバカしさに、岩松円次《えんじ》は天井を見上げた。

　空虚な溜息が丸い輪になって吐き出されるようだ。

「ああ、タバコが吸いてえ。……旦那、もうよしましょうよ」

「もう少しだ――で、どうした。ニューオータニまでガマンできずに、弁慶《べんけい》橋の上から立小便したってわけだな。真下にボートがいたのを知ってたのか」

　調書を取る佐久間忠一《さくまちゆういち》警視正の生真面目な顔を、岩松はアングリと口を開けたまま見返した。

「おい、何をボンヤリしてるんだ。ボートがいたのを知ってたのか、知らなかったのか」

「知らねえよ旦那。そんなこと前立腺に聞いてくれ。俺ァ一晩に十回もトイレに行かにゃならねえ不自由な体なんだ」

「フン、いい年してあっちこっちに若い女なんぞ囲ってるからそうなるんだ。身から出たサビ、いや身から出た前立腺だ」

「ひでえ、ひでえよ旦那。老人医療費もらってる年寄りをつかまえて」

「まったく困った福祉制度だよな――そんなことより、ボートが下にいたのを知っていて小便をひっかけたとなると、猥褻《わいせつ》物陳列ばかりじゃないな。威力業務妨害、三年以下の懲役だ」

岩松円次は禿頭の額を、ガタンと机に落とした。

いったい何ということだ。いくら新法施行とはいえ、朝っぱらから刑事に尾行《マーク》されて、立小便の現行犯でパクられるとは。

「ねえ、佐久間の旦那、こんなとこここで言いたかねえよ。言いたかねえものを、あえて言うけどさ。俺ァ、天政連合会の総長代行兼事務局長なんだぜ。二代目金丸組の親分なんだぜ」

机に額を預けたまま、岩松は弱々しく言った。

「そんなことはわかっている」

「だったらちっとァ、立場ってものも考えて下さいよ。おたがいプロじゃないの。例えば脱税とかよ、企業恐喝とかよ、そういうヤマでパクられるのならまだしも恰好がつくけど、立小便で捕《と》られたなんて、下の者ンにしめしがつかねえよ。ああやだ。まさか新聞に載らねえだろうな」

「だったら、そういうヤマでパクってやろうか。ネタならいくらだってあるぞ」

ギョッと岩松は顔を上げた。

「め、めっそうもねえ。いやね、俺ァただ、俺自身の貫禄から言ってですね、破廉恥《はれんち》罪はふさわしくねえと……」

「おまえにはふさわしいよ」

岩松は再びガクリとうつぶせた。

「よおし、これでいいな。ええと――以上のことを本日録取し、読み聞かせたところ、間違いのないむね申し述べ指印す、と。おい、読み聞かせようか」

「いいです。おぞましいから」

「それもそうだな。俺もとうてい読み返す気にはなれん。おい、指印、指印」

へえ、とうつぶせたまま、岩松は人差指を差し出した。黒い印肉をぺたりと力ない指先につけ、佐久間は調書の末尾に岩松の指形を捺《お》した。

「はい、捜査結了《けつりょう》」

「フン、何が捜査結了だ。ああやだ。ねえ旦那、もう面倒な手順は抜きにしてですね、本題に入りましょうよ。いってえ何が訊きてえんです。その調書さえ破いてくれるんなら、この際なんだってしゃべりますぜ」

佐久間が合図をすると、補助の刑事が待ち構えていたようにタバコと灰皿を持ってきた。

「まあ、一服つけろ」

そそくさとくわえられたタバコの先にライターの火を近付け、またひっこめて、佐久間は額を合わせるように岩松円次の目を覗きこんだ。

岩松は炎の宿った目を剝いた。

「どうやら安い事件《ヤマ》じゃねえようだな、旦那」

「ああ、安くはない。少なくとも立小便よりはな。協力してくれれば、この場で釈放《パイ》するよ」

「よし、その言葉、忘れなさんなよ。で、何です、そのヤマってえのは」

「殺しだ——」

煙を吐き出しながら、岩松の顔が後ずさった。佐久間課長が目配せをすると、補助の刑事は取調室を出て行った。

「前に朝陽の政治部にいた草壁明夫というマッチポンプがな、ゆうべ殺《や》られた」

「へえ。それなら朝のニュースで見ましたが。まったくひでえことをするやつがいるもんですね。どこのヤクザでしょ」

「おまえのとこだろ」

岩松は体じゅうで否定するように、あわてて首を振った。

「旦那ァ、ヨタ飛ばすのもたいがいにしておくんなさいよ。きょうびの天政にゃ、そんな乱暴者はいやしませんよ。いくらあいつのおかげで田之倉の若頭《かしら》が捕《と》られたからって、まさかそんな」

「俺もそのマサカとは思うんだが。あいにく現場に天政のバッチが落ちていた」

「げ。バッチ？」

「そうだ。しかもダイヤ入りの金バッチ」

岩松は長いままのタバコをもみ消すと、片手錠をかけられた腕を組んだ。

「はあて、田之倉の身内にゃ、そんな孝行な若え者はいやしねえんだがなあ。第一、シノギに忙しい幹部連中が、何を好きこのんで」

「よおく考えてくれよ。その中に酔狂なヤツはいないか。シノギがうまくなくってヤケクソのヤツとか、懲役ボケとか、時代おくれの危ないヤツとか」

「ううん……そんなの、いねえよなあ。天政はリベラルだもんなあ……近ごろじゃどいつもこいつも、そこいらの銀行員よりかよっぽどマジメだもんなあ……田之倉の兄弟が捕られて以来、全員うちの克也に右へならえで、間違ったことなんて駐車違反もしねえもんなあ。聞いてよ旦那、なにせ克也のクソバカときたら、交通キップ三点で破門、免停で絶縁だなんて回状をまわしやがるんだぜ。どうだ、すげえだろう」

うむむ、と佐久間警視正は唸った。二人はしばらくの間、じっと考えこんでから、同時にオオッ、と叫んで手を叩いた。

「いる、ひとりだけいるぜ、旦那！」

「そうだ、ひとりだけいた。シノギがうまくなくってヤケクソで、懲役ボケで」

「時代おくれのあぶねえヤツ！」

佐久間警視正は調書を破り棄てると、刑事室に向かって駆け出した。

「岩松が吐いたぞ。草壁明夫殺しの真犯人《ホンボシ》は、阪口健太《さかぐちけんた》だ！」


そのころ——世田谷区玉川《たまがわ》の福島克也邸では、ひとり娘のささやかな誕生パーティが催されていた。

母親の心づくしの料理と、そこいらの店で買ったできあいのバースデーケーキ。庶民の家一軒分にまさる壮大なリビングルームにはむしろふさわしからぬパーティに見受けられる。

ことさらささやかなわけは、父親の社会的立場上、派手にしたらキリがないからである。

今や飛ぶ鳥も落とす勢いの福島克也に何とか取り入ろうと、業界は誰もが必死であった。遠からず福島が天政の跡目を取ることは誰の目にも明らかである。しかもその力量から言っても年齢から推しても、長期にわたる強大かつ安定的政権となるであろうことに疑いようはなかった。

昨年はどこで情報が洩れたものか、北は北海道から南は沖縄、あるいはラスベガス、香港、マニラあたりからもドッとプレゼントが殺到して、父親は娘への言いわけにひたすら困惑したのであった。

今年は事前にファックス連絡網の通達が行き届いていたせいで、こうして家族だけのささやかなパーティとなったのである。

貧しい少年時代を過ごし、ヤクザとしての下積みも長かった福島克也は、幸福の青い鳥のありかをちゃんと知っている聡明な父であった。

新時代の王道を行く福島は、まじめなヤクザである。法律に触れることは何ひとつしていないから、警察を怖れることはない。天に恥じるところは何もないから、ボディガードもいない。娘は中学生になった今でも、父親が金丸産業株式会社の社長以外の何者でもないと信じ切っていた。

親子三人の幸福な夜であった。

父と母からのプレゼントのお返しに、美少女さやかは得意のヴァイオリンで、ベートーヴェンの「ロマンス」を弾いた。

興の乗るほどに、母が揉み手ぎみの手拍子を打ち、父がナイフとフォークでスープ皿をチャンチキと叩いたのには閉口したが、少女の幸せな気持に変わりはなかった。何よりもさやかは、豊かなくらしの中に貧しい青春を引きずっている、そんな父母を愛していた。

拍子に合わぬベートーヴェンに少し悲しくなりながら、来年は父の大好きな「無法松の一生・度胸千両入り」を弾いてあげよう、と心に誓うさやかであった。

チャイムが鳴った。

ヴァイオリンを脇に抱えたまま応対に出たさやかは、歓声を上げた。

「わあ、健太おじさま！」

フレアスカートの花模様をひらめかせて、とっさにおじさまの首に飛びつく。ヴァイオリンと弓とを持ったまま、上手におじさまの体を一回転させる。そういう動作を何のてらいもなく、しかもあざやかにキメるあたり、この少女のお嬢さま度は並大抵のものではなかった。物語でいうならオルコットかブロンテ姉妹、現実には十九世紀のアメリカ東部にしか棲息《せいそく》しえない、まさにお嬢さま中のお嬢さまであった。

「パパ、おじさまがいらして下さったわ！」

やあやあと照れながら、ピスケンはさやかに腕を引かれてリビングに入ってきた。

「あっ、こりゃ健兄ィ。じゃなかった、これはこれは健太にいさん。わざわざ痛み入りやす。じゃなかった、恐縮です」

ピスケンは右手におなじみ銀座千疋屋《せんびきや》のメロンを提げ、左手には徳間書店の泣いて喜ぶような、バカでかいトトロ人形を抱いていた。

「ハッピーバースデー。これ、みやげだ」

わあ、とさやかはぬいぐるみを受け取って、グランドピアノの回りをスキップした。走りながら、扇のようなまつげを閉じてウインクを送る。

さやかは、一年前にいずこからともなく現われたこの「おじさま」が大好きだった。目付きが渋かった。ギターの弾きすぎで擦り減ってしまったという小指の先は可愛かった。家にくる男の人はみんな腫れ物にさわるようにお世辞ばかり言うが、おじさまはいつもさりげなく、肩を抱いてくれるのだった。別れるときはちょっと悲しい目をして、「おやすみ」、と瞼にキスをしてくれるのだ。

そんな健太おじさまの何もかもが、さやかは大好きだった。

「にいさん、覚えていてくれたんですね」

メロンをうやうやしく受け取りながら、福島はまったく恐縮して言った。

「おお、俺ァ、府中《ふちゆう》、じゃなかったウィーンに滞在中も、ずっとこいつの齢《とし》だけは数えていたからな。しかしまあ、会うたんびにでかくなりやがって、ブラジャー買ってもらったか、おい」

さやかはポッと顔をあからめ、巻毛のポニーテールをもじもじと弄《もてあそ》ぶのであった。おじさまのこういう冗談は、モーツァルトのオペラの歌詞と同じくらい下品なのであった。

「まあ、いやですわ、おにいさんたら。ホホホ……」

笑いながらグラスを差し出す母親の顔にはうっすらと脂汗《あぶらあせ》がにじんでいた。

乾杯をすると、ピスケンは福島をテラスに誘った。芝生の庭は月光に青白く染まって、しんとしている。

夜間飛行のランプを見送って、ピスケンは小声で言った。

「克也、けさの事件、知ってるか」

「へえ、まったくひでえ話で」

「向井のオヤジから聞いたんだが、現場に天政の金バッチが落ちていたそうだぜ」

「バッチ？――そいつァ妙なこって」

福島克也はべつに動ずるふうもなく、水割りをひとくち飲んだ。

「どう思う、おめえは」

「どう思うって、アニキ。代紋あっての俺たちですぜ。代紋しょってカタギを殺《と》りに行くバカがいるもんですか。おまけに落としてくるだなんて」

「そうだよなあ。くせえ話だよなあ」

静まり返った庭に目を向けながら、二人はしばらくの間、置き去られた代紋の謎について考えた。

いずれにしろ、天政会に罪を被せようとする何者かの計略には違いない。

「しかし——関東にゃ天政《うち》とコトを構えようなんて大それたヤツはいるはずはねえんだけどな」

リビングから洩れてくる娘の笑い声に気をつかいながら、福島は言った。

「とすると、星野組かよ」

「関東侵攻の口実ですかい。わざわざ天政のバッチを落としておいて、こっちが疑ってかかるのを待っているってわけですかい。そりゃ考えすぎですよアニキ」

「いや、まわりくどいけど、うまい手かも知れねえぞ。ゴタゴタするにゃいい口実だぜ」

「そう言やあ、例の山内龍造の選挙区は関西ですね。星野組は今度の法律じゃ目の仇にされてますから、いくら山内の頼みごとだってそうそう手荒なマネはできねえ」

「そこで、天政に罪をおっかぶせようって魂胆《こんたん》かい」

「何だか垢抜けねえ筋書ですねえ。そう考えりゃ、まわりくどくケンカを売ってきてるって方が、理屈に合う。こいつァうかうかしてられません」

「まあ若え者が先っ走らねえように、気を付けるこった」

「へえ」

結論をみた二人が、笑顔をつくろって邸内に戻りかけた、そのときである。

突然、激しく犬が吠え、金木犀の垣根ごしにサーチライトが灯《とも》った。まるで御用提灯の一斉に立ち上がるように、パトカーの回転灯が邸のぐるりをめぐった。靴音が乱れ、いくつもの人影が門扉を乗りこえて玄関に走り寄った。

「あんた、健太さんを上へ！」

玄関の錠を下ろしながら、妻が叫んだ。


応答のない邸内の気配に業《ごう》を煮やして扉を打ち破り、ドアチェーンを大型ニッパーで切断して警官隊がなだれこんだとき、彼らの見たものは上がりがまちにちんまりと座って三ツ指をついた女房の姿であった。

地味だが品の良いシルクモヘアのセーターにタイトスカート、色白の胸元にティファニーのペンダントを付けているほかは、華美な装飾は何もない。この界隈《かいわい》の典型的な、様子の良い婦人である。

いわゆる姐御《あねご》の印象とはまるでかけ離れた婦人の出迎えに、刑事たちはみな出ばなを挫《くじ》かれた。

女房は吹き抜けのホールに敷かれた天津緞通《てんしんだんつう》の絨毯の上で、あでやかな牡丹の厚咲のように侵入者たちを見上げた。

「これはこれは。夜の夜中にどちらの代紋の打ちこみかと肝を冷やしましたのに、桜田《さくらだ》門《もん》の御一党さんとは恐れ入りました。おや——そちらは誰かと思やあ佐久間の旦那。日ごろ手前主人とは昵懇《じっこん》のあなた様が、いったいハジキの手錠《ワッパ》のと携《たずさ》えて、はて何のおしらすでございましょうね」

落ち着き払った女房の啖呵《たんか》に気圧《けお》されて、警官隊はじりじりと後ずさった。

「阪口健太が来ているな」

正面に取り残された佐久間警視正は、拳銃をホルダーに収めながら言った。女房は身を起こすと、背筋をりんと伸ばして佐久間を睨み据えた。

「ごあいさつの順序が、違いやしませんか旦那。令状《フダ》の一枚もお示しになってから敷居をまたぐのが、捜査《ガサ》の作法てえものじゃござんせんか」

「いいから福島を出せ。女じゃ話がわからん」

「いいえ。手前主人、福島克也は四代目天政の代紋を預かる体、取り次ぐには手順がございます」

「どけ、入るぞ」、と押しこもうとする一隊を、女房は膝立ち、両手を拡げて、やいと制した。

「女じゃ話がわからんとはご無体《むたい》な。わかるもわからんも、敷居のこっちは手前女房が預かるナベカマのシマでございます。どうともお通りになるんなら」

女房はやおら腰に手を回すと、肉切り包丁をひらめかせてドスンと床に突き立てた。

「主人から預かっておりますこの包丁にかけても、お通しするわけにァまいりません」

わあ、と警官隊は再び敷居の外に押し出された。

「わ、わかった。信じられねえなあ、すげえ女房だなあ」

と、脅えながら妙に感心をして、佐久間警視正はしぶしぶポケットから書類を取り出した。

「これでいいか、阪口健太の逮捕状だ」

「それだけですか」

「それだけって、あんた。これだけありゃあ十分でしょうが」

「いえ。それは阪口健太の逮捕状。この家の捜索令状は？」

「え？　いや、まいったな。ここに入ったところまでは確認しているんだがね……ともかく阪口を引き渡しなさい」

「令状がないのなら、手前どもに関しましては任意のお調べということになりますが」

「そう、任意ですよ。わかりました、じゃあお願いします。捜査にご協力下さい」

「イヤです」

「イヤ？　あのね、君……」

「任意なら、イヤでもようござんしょう。子供もおりますし、部屋もちらかっております。だから、イヤです」

「……」

佐久間は困り果てた。阪口健太の抵抗は想定していたけれども、こんなふうに押し返されようとは考えてもいなかったのである。背広の下に着こんだ防弾チョッキのバカバカしい重みが、ずっしりと肩にこたえた。

女房は乱れたソバージュの髪を指先で整えながら、ふっと横目で笑いかけた。

「しかし、佐久間の旦那もこの大捕物がからぶりとあっちゃ、若い者の手前、立つ瀬がございませんねえ。じゃ、ひとつ内緒でお教えしときましょうか」

「なんだ、それ……」

「阪口のにいさんなら、福島と二人で裏口から出かけましたよ。おおかた堀の内あたりに繰り出したんじゃないでしょうかね。つい今しがたのことですから、まだそこいらに」

みなまで聞かずに佐久間は振り返った。

「急げっ！　環八《かんぱち》と玉川通りに非常線！」

警官隊はわれ先に玄関から駆け出した。女房は後を追うように、佐久間のうしろ姿に向かって叫んだ。

「旦那、この修繕代、本庁に請求してよござんすね」

「勝手にしろ！」

壊れたドアを後ろ手に閉めると、女房はその場に崩れ落ちた。

「あなた……すみましたわ」

リビングルームのソファで、福島克也はじっとシャンデリアを見上げていた。

「ごくろうさん。なかなかけっこうなお手並みだったよ、ママ」


二階の子供部屋の、密閉された屋根裏《グルニエ》で、ピスケンは明り取りの小窓ごしに去って行くパトカーを見送った。

月明りにすかしてコルトの弾倉を抜き、ガシャリと空撃ちをしてから、闇の中にうずくまる少女に気付いた。

「おじさま……それ、なあに……いったい何があったの？　おじさまは、本当は誰なの？」

ピスケンは今まで誰にも見せたことのないほどの悲しい目を、ぬいぐるみを抱いて慄《ふる》える少女に向けた。

「みんなで私に嘘をついてる。パパも、ママも、おじさまも。ねえ……おじさまはいったい誰?」

拳銃を膝の上に握ったまましばらく言葉を探し、ピスケンはやがて胸のつぶれるほどの小さな声で呟いた。

「俺はな……俺は……さやかのおじさんだ。ウィーン・フィルで十三年と六月《ろくげつ》と四日、つらい修業をしてきた、おまえのおじさんだ」

現場検証

車は湖岸に向かう小径《こみち》に乗り入れると、枯葉を踏みしだいて雑木林の中に止まった。

三人の男が、木の間がくれに見える桟橋をめざす。足元を見つめながら、向井権左ェ門元警部補は言った。

「観光道路からまっつぐに入《へ》えって車を置けるのァ、あの場所だけだ。福島、おめえの若い衆は今、何にも考えずにあすこに車を止めたろう」

立派なカシミヤのチェスターコートの襟を立てて、福島は林の中を振り返った。

「へえ、確かに」

「犯人《ホシ》もおそらく、あそこに車を置いた。観光客の車やアベックの車がしじゅう出入りする場所だから、仮に目撃者がいたってそう気にも止めねえ。轍《わだち》の跡も足跡もたくさんある。ひとごろしじゃねえ連中と同じ、自然な動きをしていやがるから、証拠も残らねえ。つまり、こいつァくろうとの仕業だ」

二人から少し離れて、帽子を冠《かぶ》りサングラスとマスクで顔を被ったピスケンが、おどおどと後を追ってきた。

「旦那、まずいよ。ほら、サツがいるじゃねえか。ああやべえ」

雑木の幹に頭だけ隠して、ピスケンは立ち止まった。

「指名手配のホシが目の前に現われるなんて、誰も思っちゃいねえよ。それより、おめえのそのナリの方がずっと目につくぜ。職質して下せえって言ってるようなもんだ」

「そうは言ってもよ、旦那。真犯人《ホンボシ》は犯行現場に戻ってくるとか、良く言うじゃねえか。たまんねえよな。わあ、ドキドキする」

「やってもいねえ者が、何でビビることがあるんだ。シャンとしねえか」

「でも、冤罪《えんざい》ってのあるもんな。やってもいねえのにやったことにされちゃって――おい克也、どんどん行くな、待ってくれ」

福島克也は振り返り、木の幹から突き出たピスケンの尻に向かって言った。

「アニキ、かえって疑われますぜ。まったく、妙なところで気が小せえんだから」

「だって俺、パクられたら最後ゼッタイにクロにされちゃうもんな。なんせ実績があるんだから。殺人鬼の汚名を着せられて、こんどこそ死刑だ。あ、やべえ。巡査がこっちを見てる」

「さあさ、アニキ。いい子だから出てらっしゃい。もともと殺人鬼なんだからさ」

「やだっ、やだっ」、とピスケンは両手を引っぱられながら雑木林から出てきた。

みぎわには薄氷が張っている。砂浜に横たえられた一艘のボートに、青いビニールシートが掛けられていた。

「ご苦労さん。県警本部から聞いてるな。俺が向井だ」

歩み寄りながら言うと、二人の巡査は姿勢を正して敬礼をした。

「お連れの方は？」

「ああ、気にするな、たいしたもんじゃねえ。天政会の福島だ」

「ゲッ、福島克也！　たいしたもんだ。気にするなと言われても……で、そちらの方は？」

「あ、これ？　これは知り合いの弁護士。べつに怪しい者じゃねえ」

「そうですか。めいっぱい怪しい感じがしますけど」

「いや、ハゲで風邪ッぴきで蓄膿だから、こんなナリしてるんだ。前科者だとか人殺しだとか指名手配中だとか、決してそんなんじゃねえぞ」

向井のきわどい冗談でついに開き直ったピスケンは、突然胸を張って進み出た。

「そうだ。俺は弁護士なのだ」

「……弁護士ねえ……」

「ま、旦那方、商売がら疑りぶけえのァ無理もねえが、ここはひとつ弁護士てえことで了見なせえ。ハッハッハ」

福島はとっさにマスクからはみ出したピスケンの唇を押さえた。

「アニキ。何もしゃべるんじゃねえ。まったくこれほど間《ま》の悪い人間も珍しいぜ」

巡査はギロリとピスケンの顔を睨《にら》んだ。

「アニキ？　今、アニキって言いました？」

「いえね、あっ、そうだ。この人は天政会の顧問弁護士の兄木《あにき》さん。兄木弁護士です。そうですね、兄木先生」

ピスケンは気の遠くなるのをかろうじて踏みこたえながら、ひとつ肯いた。巡査の視線を遮《さえぎ》るように、向井が立ちはだかった。

「ともかく、おめえらはどいてくれ。ちょいと調べてえことがある」

二人の巡査は向井にもういちど敬礼をして、みぎわから退いた。

ビニールシートを剝がすと、古ぼけた木製のボートが姿を現わした。

向井はまず、へさき近くの船底に目を凝らし、手袋をはめた指でささくれ立った破砕痕《はさいこん》をなぞった。

「てえしたもんだな。いくら被害者《マルガイ》が眠っているからといって、真正面から眉間に一発。──おい、ケンタ。おめえ銀龍会《ぎんりゅうかい》のオヤジとバシタを殺ったとき、何発撃った」

え？　とピスケンは林の中で一服する警官を振り返ってから、小声で言った。

「ええと、あんときはたしか、十連発のオートマチックと八連発のリボルバーをぜんぶ」

「十八発でハチの巣か。そのうえに寝巻のヒモで首を絞《し》めたよな」

「へえ……それから床の間の置物で頭カチ割って、帰りにダイナマイト投げて逃げやした」

「なぜそんなことまでした」

ピスケンは叱られた子供のようにうなだれて、ぽつりと呟いた。

「だって、怖えから。半殺しの人間て、おっかねえからキッチリとどめを……」

「うん、そうだな。だが本当はちょいと違う。いわゆるヒステリー状態だ。ふつうの人間ならみんなそうなる。コロシってのァ、そんなもんだ」

沖合の空から低い雲が攻めてきたとみる間に、みぎわは鈍色《にびいろ》にかげった。いまわしい記憶に縛《いまし》められて、ピスケンは身を屈め、両手で顔を被った。

「旦那、よしなよ。過ぎたことじゃないの」

福島克也は向井をたしなめた。

「しかたあるめえ。こうして一生を苦しみながら生きて行くのが、人殺しの宿命だ。どんなプロの殺し屋だって、とうがたてばこうなる。てめえがくたばるまで、その十字架を下ろすこたアできねえんだ」

湖面に刃《やいば》をつらねたようにさざ波がたった。向井権左ェ門はボア付きジャンパーの襟をかき合わせると、男たちに命じた。

「さ、仕事にかかろう。おいケンタ、おめえちょいと被害者になったつもりで、そこに寝てみろ」

「え？　ボートの中に、ですかい。気色わるいな」

言いながらピスケンは、向井がふなべりを支えるボートに乗りこむと、弾痕に後頭部を合わせて横たわった。

「よし。そのまま目をつむっていろ。おい福島、おめえがヒットマンだ。ケンタの腹の上に馬乗りになってみろ」

福島克也はコートの尻を端折《はしよ》ると、仰臥《ぎようが》したピスケンの腹をまたいだ。向井が両腕で支えるボートはあやうく揺れた。

「ま、実際もこんなもんだろう。ケンタ、道具持ってるな」

「へえ……でも、お巡りが見てる」

「かまやしねえ。福島に渡せ」

ピスケンはベルトの腰からコルトを抜き出すと、福島に手渡した。不安げに見守る巡査たちに向かって、向井は言った。

「こいつァオモチャだからな。実地検証だ」

巡査たちはホッとしたように、また木の根元に腰を下ろした。

「福島、その恰好でごく自然に、ケンタの額を狙ってみろ」

「へえ。こう、ですかい」

福島は座る位置を修整して、コルトの銃口をピスケンの額に当てた。

「オ、オイ、克也。安全装置はずれてる」

「あ、そうか。危ねえ危ねえ」

拳銃の安全装置をかけて、もういちど両手でピスケンの額を照準する。

「よおし、そのままだ」

と、向井は、胸ポケットからボールペンを取り出すと、舟底に横たわったピスケンの右手に握らせた。

「なんです旦那、これァ」

「いいから自然に握ってみろ。競馬の予想をするときみてえに。ところでケンタ、今日のメインレース、一点で買うなら、何だ」

「そりゃもう、カリブソングの頭はかてえ。芝じゃちょい足りねえが、ダートは鬼だ」

言いながら、ボールペンを握ったピスケンの指先が動いたのを見ると、向井はやおらボートを支える手を離した。

「よおし、そこまでだ」

とたんに安定を失ったボートから転げ落ちた二人にかわって、向井は舟底を覗きこんだ。ピスケンの赤ボールペンが無意識に数字を書き並べた舟板のあたりを、向井は老眼鏡をかしげてジッと見つめた。

「旦那、何やってんだよ。2―6で間違いねえって。早くノミ屋に電話しろ」

向井は目を凝らしたまま、二人を手招いた。

「あったぞ、見ろ」

頭を寄せ集めて向井の指し示す一点に目を止め、二人はアッと息を呑んだ。

「この星形は！」

「星野組の代紋じゃねえか！」

朽ちかけた舟板に、鑑識の見落としたほどの小さな一筆書きの星形があった。

「やっぱりな……」、と向井権左ェ門は唸るように呟いた。

「殺《や》られるまぎわに、あいつは何かを書こうとしたんじゃなくって、実際に何か書いたんじゃねえかと思った。案の定だ――」

その夜――福島克也は、五代目星野組の大幹部、三好高雄《みよしたかお》をひそかに静岡県浜松市《はままつ》のホテルに呼び寄せた。二人が最も早く落ち合うことのできる、東西の中間に位置する都市である。

丘の上に聳《そび》えるホテルの最上階からは、市街の夜景が一望に見渡せた。

「ところで兄弟。わざわざ呼び立てたのァ、何も公定歩合と長期プライムレートの関係について話すためじゃねえ」

たわいもない世間話をしばらく交わしたあとで、福島克也はブランデーグラスを温めながら切り出した。

「わしかて株価の先行きを聞くために、出張《でば》ってきたわけやないで」

ランプシェードの赤い灯が、三好高雄のいかつい顔を顎の下から照らし上げている。坊主刈の似合う風貌は、いわゆる関西系武闘派の典型だ。ひとめ見て誰もが圧倒される大貫禄だが、おそらく年齢は福島と同じほど、四十になるかならぬかであろう。

「ほなぼちぼち本題に入ろやないか。おたがい忙しい体やし」

ボックスの背後をかためていた東西の若者たちは、黙礼をすると離れた席に退がった。周囲のテーブルに並んだ「ＲＥＳＥＲＶＥ」の札を窓の中でたしかめてから、福島はおもむろに口を開いた。

「兄弟も知っての通り、俺ァ回りくどい話は好きじゃねえ。単刀直入に聞くぜ。芦ノ湖でブン屋を殺《や》ったのァ、そっちの者か」

三好高雄の分厚い唇が、一瞬あざ笑うように歪んだ。

「兄弟――話は穏やかかやないで」

「ああ、穏やかじゃねえ。何せカタギの死体《オロク》のそばに、天政の金バッチが落ちていたってえんだ」

三好はグラスをひと息にあおった。

「そっちの足元を調べたうえで言うとんのやろな」

「いちいち天政会一万二千人の裏を取るわけにゃいかねえ。俺だって良くは知らねえ組もあるしな。だからこそ、こうして兄弟に訊ねているんじゃねえか」

言葉のいさかいを避けるように、三好はいちど肯いた。窓の外の夜景から初めて目をそらすと、ソファに片肘を回して福島の耳元で言った。

「それを言うならよ、兄弟。星野組かて今じゃ三万からの大所帯やで。ましてやわしは十人もおる若頭《かしら》補佐の一人に過ぎん。答えようもないのは、こっちかて同じや」

「だが、天政の内部じゃ、そっちの仕掛けに違えねえとみないきり立ってる。ほっとけァいつ間違いが起こらねえとも限らねえ」

「天政とうちとじゃ、ここんところ北海道やら東北やらでコミあっとるしな。そない思われても当然かも知らん」

「だから、もし本当にそうなら早えとこ俺と兄弟とで手打ちに持っていかにゃなるめえ」

「ちょっと待ちいな、兄弟」

と、三好は振り向いた。言葉を咀嚼《そしやく》するように頑丈な顎を動かしながら、ブランデーを福島のグラスに満たした。

「もしや和解《クロブタ》の先回りのつもりで、わしを呼びだしたんとちゃうやろな。仮によ、それがうちの仕掛けやったとしてもやな、手打ちゆうたら、そっちも喧嘩を受けてからの話やないか。喧嘩もようせんと手打ちゆうのは、そりゃ無理やで」

どう見てもヤクザとは思えぬ福島克也の穏やかな表情が、ふいに怖ろしげに変わった。

「どういう意味だ、それァ。売った喧嘩を買えってことか」

三好の口元から微笑が消え、たちまち苦渋に満ちた表情に変わるのを、福島は見逃さなかった。

「若い者の前やないか。物騒なこと言わんとき」

「おう、そっちはうちの末端《エダ》がどこぞで間違いを起こすのを待ってるんじゃねえのか。福島の器量じゃ頭下げるしかあるめえと、タカをくっていやがるんだろう。やい、天政をなめるなよ。もしそうとなりゃ、俺ァ迷わず盃を水にするしかねえんだぞ」

「兄弟――まだこっちがやったとは言うとらんよ」

長いままのタバコをもみ消して、さらに一本をくわえる三好高雄のそぶりを見ながら、福島はすべてを了解した。

「おめえ、行きがけにわざわざ芦屋《あしや》に寄ってきやがったな」

「何言うてるねん。わしは兄弟に呼ばれたさけ出てきただけや」

「若い者の顔色を見りゃわかる。あれァオジキの俺を見る目じゃねえ。天政会の福島を見る目だ」

「ちょっと待ちいな兄弟――」

と、三好高雄は子分たちとの距離を測るように振り返ってから言った。

「こんどの件が兄弟の言うとおりかどうかはよう知らん。仮に……知っとっても言えん。だが、これだけは言うとく。わしからの忠告や。挑発に乗ってうちとことを構えよったら、天政会は終《しま》いやで。よう考えてみい」

福島は溜息をついてソファに身を沈めた。三好の言うことはもっともである。今天政会は、関西から見れば絶好の狙いどきなのだ。総長の病は篤《あつ》く、若頭の田之倉五郎松《ごろまつ》は勾留中である。もう一人の実力者、岩松円次は金儲けに多忙なうえ、天政会を束ねる器量でないことは誰もが知っている。組織の命運は若い福島克也の双肩にかかっていた。いわば舵取りのいない巨船である。

「稼業上の行き違いなら、辛抱もする。そっちが義理のある政治家のために、カタギを手にかけたことも、どうこう言う筋合《すじあい》じゃねえ。だが、喧嘩の口実に天政の代紋をかたるとァ、あんまりひどすぎるじゃねえか」

「兄弟の言い分は正論や。そやけど、親が白い言うたら、黒いカラスも白いのがわしら極道やで。今のわしにはそれしかよう言えん」

福島は兄弟分の顔から視線をすべらせると、背広の胸に輝く星形の金バッチを見つめた。

「しかし、そうまでして関東に出てこようってえ理由が、俺にゃ今ひとつわからねえ。これみよがしに箱根の山のうえで喧嘩を仕掛けるなんて」

「そりゃ簡単な理屈や」、と三好高雄は言った。

「こんどの法律で一番にしめつけられるのは星野組やさけな。東京にはゼニがある。正業かてやりやすいし、ヤクザを必要とする企業かて仰山《ぎょうさん》あるしな。三万人の大所帯を食わせるには、関西は狭すぎるのや」

「おめえらは恐竜だ」

福島克也は吐き捨てるように言った。「図体ばかりでかくなって、新法ってえ氷河期が来たらもうシノげねえ。あげくの果てに、他の生物を食い散らす、頭の足らねえ恐竜だ」

言いたいことはいくらでもあった。しかし理想を語るのには、自分が若すぎることを福島はよく知っていた。

「ともかく、わしにでけることは何もあらへんのや。そっちに先っ走る者が出んようにしてもらうだけや。天政の生きる道は、今はそれしかない」

「ずいぶん勝手な言い分だな。だが——もう先っ走っちまったヤツがいる」

「何やて？」と、三好は顔を上げた。

「つい今しがた、『あとは頼む』と言って駆け出して行った。こんなこと頼まれたって困る。だから、とりあえず兄弟を呼び出して、一応ご忠告を……」

「へえ。えらい威勢のいい奴やな。ひとりでか？」

「ああ。ひとりだ」

「ひとりで何する気イやろ」

「そっちの五代目を殺《と》ってくるって、芦屋に行ったけど」

「なんやそれ。昔の東映ヤクザ路線のようやな。見すぎやないの、近ごろ復刻版のビデオようけ出とるし。気にせんかてよろし。どないなるもんでもないわい」

「ところが、だな。その……どないなっちまうかも知れねえんだよ」

「ハッハッ、アホらし。うちの本家はよ、要塞《ようさい》やで。若い者かて五十人も詰めちょるんよ。わあ、気の毒やな、そいつ。誰やの」

「俺のアニキだ」

ハッ、と三好の笑い声が止まった。眉間に深い縦ジワを寄せ、咽がゴクリと鳴った。

「あの、兄弟。そっちのアニキって、まさかあのピス……」

「その、まさかなんだよな。だから俺もアワ食って、ともかくあとの和平工作のためにだね、こうして……」

三好高雄はテーブルをゆるがせて立ち上がった。

「何でそれを早く言わんの！　きれいごとばっかり長々と言うてからに。わあ、どないしよ、うちのオヤジさんピスケンの大ファンやしね、いやそやない、殺《と》られてまう！」

何となくこみ上げてくる笑いをけんめいにこらえながら、福島は言った。

「いやその、話には手順があるから」

「順序もクソもあるかい。あっ、兄弟、何で笑うてるの。わかった、内心期待しとるんやろ。卑怯や、うちが卑怯やと思うとったら天政の方がずっと卑怯や！」

ピスケン、と聞いて、ガキの時分からグリム童話のかわりにその武勇伝を聞いて育った関西の若者たちは、いっせいにどよめいた。

「親分、ピスケンがどないしましたんや！」

「関西にきよるのですか！」

「サイン、もろて下さい！」

「じゃかあしいわい」、と三好は走り寄ってきた若者を張り倒した。

「ピスケンが何ぼのもんじゃい。この際わしもサインもろて、じゃなかった、ともかく戻らな。兄弟、ほなわしは帰るで。わあ、どないなことになるんやろか、何だか怖いような嬉しいような、嵐の予感みたいな気分や」

関西の一党が嵐のようにラウンジから走り去ってしまうと、天政会の若者たちは心配そうに福島を取り囲んだ。

「カシラ……いってえどうなるんでしょう？」

福島克也はグラスを飲み干すと、急激に酔いの回った頭を両手で抱えた。

「そんなこと俺が知るか。おい、誰か気象庁に電話して聞いてみろ——」

男子の本懐

ちょうどそのころ——

丘の上のホテルからほど遠からぬハイウェイの闇を、喧《やかま》しい唸りを上げて疾駆《しっく》して行く一台の奇怪な車があった。

満身を小枝や枯草で偽装した、陸上自衛隊の七三式ジープである。幌《ほろ》をはずし、フロントガラスを倒し、荷台には巨大な一〇六ミリ対戦車無反動砲を搭載している。

「快哉《かいさい》ッ！　どうだこの手応え、この存在感！　これぞ四輪駆動車の極致だ。ただひたすら走るための車。見よ、ケンちゃん、ランドクルーザーもパジェロも怖れ入って道をゆずるわい！」

「ありゃあ怖れ入ってるわけじゃねえ、ビックリしてるだけだ。ううっ寒い、体が凍えちまう」

物を言うと、向かい風がたちまち口腔におどりこんで頬を膨らませる。このところの不節制ですっかり皮膚のたるんでいるピスケンの顔は、餓鬼のようにみじめであった。

姿勢を正してハンドルを握りながら、軍曹は泰然自若《たいぜんじじゃく》として答えた。

「暑い寒いは生きてる証拠。死んでしまったあの男のことを考えてみよ。文句は言えぬぞ」

「そりゃ違えねえけど。ボワッ、息が詰まる。ところで軍曹、こんなたいそうな物かっぱらっちまって、大丈夫なのかよ」

「ハッハッ、大丈夫なはずはなかろう。だが、奪《と》られる方が悪い。常時即応の心構えに欠けているから不意を突かれるのだ」

「そんなこと言ったって、おめえ。演習場で待ち伏せしてよ、自衛隊員を縛り上げて穴ボコに埋めちまって、奪られる方が悪いはねえだろう」

「なあに、どうせすぐには表ザタにはならんよ。一晩中、必死で探し回るさ。その間に仕事を済ませて、駒門《こまかど》のサービスエリアにでも乗り捨てておけば事件にはならん」

後部座席に積まれたF６車両無線機が赤ランプを点灯させた。

「あっ、軍曹。電話だぞ、何か言ってる」

スピードを緩めて耳を澄ませると、大型無線機のスピーカーから明瞭な声が伝わってきた。

〈六号車、六号車、こちら指揮所《C・P》。現在地を知らせよ。送れ〉

応答待ちの瑣音《さおん》が続いた。

「バカバカしい。現在地を知らせよ、送れ、だと？」

「何でえ、その『送れ』ってのは」

「民間の無線通信では『どうぞ』と言うが、自衛隊では『送れ』と言うのだ。ちょっとマイクを取ってくれ」

運転をしながら左手にマイクを握ると、軍曹はセロのようなよそいきの声で応答した。

「C・P、C・P、こちら六号車。感度良し、送れ」

一瞬、はるか彼方の司令部の、呆然とした沈黙がスピーカーから伝わってきた。

〈……六号車、こちらC・P。感度良し。貴官はタレか、送れ〉

「こちら六号車。タレかと問われて名乗るドロボウはおるまい。バカかキサマら。送れ」

〈ド、ドロボウ！　こちらC・P、現在地を知らせよ、送れ〉

「こちら六号車。キサマら相手に通信訓練をしているヒマはない。場所が知りたければ哨戒機でも飛ばせ。送れ」

〈こちらC・P。ヒントはダメか。送れ〉

「ダメだ。それより六号車のマヌケな隊員が三名、東富士演習場内土屋台北方の壕で寝ておる。凍え死ぬ前に救《たす》けてやれ。徒手格闘術を基礎から訓練させせよ。了解か、送れ」

〈わ、わかった、了解。ところで貴官の目的は何か。送れ〉

「こちら六号車。当方の目的は戦闘支援。一般国民のレベルで言えば殴りこみの助ッ人だ。目的を達成したら車両は返す。文句はあるか、送れ」

〈えーと、こちらC・P。文句はあるけど、あきれて言えん。車両の返却予定時刻を知らせよ。送れ〉

「こちら六号車。返却は明朝〇八〇〇《まるはちまるまる》の予定。それまでは作戦遂行のため電波を封止する。このうえ追及するなら、作戦を放棄して警察に自首するが、どうか。送れ」

〈ナニ、警察に自首！　それはまずい。連隊長のクビが飛ぶ。よし、了解。明朝〇八〇〇まで電波封止。誰だかわからんが武運の長久を祈る〉

通信は切られた。再びアクセルを全開したジープは、ディーゼルエンジンの唸りを上げて、深夜のハイウェイを走り去って行った。

芦屋の高級住宅地の一角に、ライトを消したジープが忍び足で現われたのは、未明の時刻である。

坂道の下からザワザワと小山のような偽装を揺らしながら敵陣に肉迫するジープには、犬さえも気付かなかった。

整然と屋敷の塀が続く並木道の突き当たりに、鉄板で鎧《よろ》われた三階建の要塞が聳《そび》えている。道路に面した外壁に窓はなく、かわりに星形の代紋をいただいているたたずまいは、ちょっと目には新興宗教の本山を思わせる。

百メートルほどの間合いを取って、ジープは停止した。

「ほお、聞きしにまさる構えだな。とてもヤクザの事務所とは思えん」

「な、言った通りだろう。星野組の本家って言やァ、三万人の総司令部だぜ」

「三万人！　約三個師団の兵力ではないか。三万人対二人とは、スタローンもビックリだな」

「ちょっと見ろよ。あの鉄板、ハンパじゃねえぞ。大砲の弾だってはじき返すのと違うか」

鉄帽の庇を上げて暗闇に目を凝らし、軍曹は低い声で言った。

「フフフ……案ずるな町人。この六〇式無反動砲はな、曳光粘着榴弾《HEP》《りゅうだん》を装備しておる。つまりだな、目標に命中すると炸薬《さくやく》が装甲板の表面にベトッと粘着して爆発するというスグレモノだ。何せ一キロ離れた重戦車をブッ飛ばすのだからな、あんな鉄板ひとたまりもないわ」

軍曹は運転席からひらりと飛び上がると、偽装の枯草をかき分けて十六・九キログラムの巨大なHEP榴弾を担ぎ出した。手慣れた動作で、砲の後尾から弾薬を装塡《そうてん》する。

「さがっとれ、うしろを向いて耳を塞《ふさ》いで、口を開けろ。鼓膜が破けるぞ」

ピスケンは軍曹の言うなりに、助手席から降りトコトコと車のうしろにさがった。

「いかんいかん。無反動砲は発射ガスをケツから噴出させて反動を相殺《そうさい》する仕組になっておる。そこにいたら丸焼きになるぞ」

はい、とピスケンは答え、またトコトコと車の横に回った。屋敷の塀に身を寄せ、しゃがんで耳を塞ぐ。

「しかし何だな。おめえ、てんで機械オンチかと思ったら、ずいぶん手際がいいな。とてもワープロに空手チョップをくれた男と同一人物とは思えねえ」

「これは機械ではない。道具だ。多くの道具は科学の発達によって機械になり下がったが、野戦の兵器は道具のまま完成したのだ。尊い命のやりとりをする武器は決して機械であってはならぬ。たくましい肉体の一部でなければな。すなわち、道具だ」

へえ、とピスケンは尊敬のまなざしで軍曹を仰ぎ見た。それはかつて彼らの世代の多くが熱狂した、プラモデル製作の現場とどこか共通していた。貧しい長屋の少年が指をくわえてブルジョアの倅《せがれ》の作る戦艦大和を見守るように、ピスケンは畏怖《いふ》と羨望《せんぼう》の目で軍曹の作業を見つめた。

転把《ハンドル》を回し、照準《スコープ》を定める。砲身のうえに固定された十二・七ミリスポットライフルの暗視眼鏡《スコープ》を、軍曹は覗きこんだ。

「何でえ、そのコバンザメみてえな鉄砲は」

「これはな、砲と同じ弾道特性を持った照準用のライフルだ。これで曳光弾（えいこうだん）を撃ち、目標に命中したらただちに砲を発射する。無反動砲は初弾で一発必中させせぬと、射撃位置がすぐにバレるからな。一発目をはずして、敵戦車が砲塔を向けたら、一巻の終りだ」

「へえ、良く考えてあるんだなあ。すげえなあ」

「どうだ。これぞ男のロマンだ。ハッハッ、こういうものを知らぬ若者が気の毒でたまらぬわい」

まったく楽しくてたまらぬというふうに話しながら、軍曹は「ン?」とライフルから顔を上げた。異変に気付いた当番の若者たちが通用口から現われたのだ。

軍曹は門に向かって叫んだ。

「おおい、キサマら！　オフクロはいるのかァ！」

三つの影はキョトンと立ち止まり、ひとりが答えた。

「へえ。いまあす！」

「そうかあ、じゃさがっとれ。いくら兵隊でも、泣く者のおるうちは死んではならんぞオ」

若者たちは頭を寄せ集めて少し相談をするふうをしてから、素直に左右に分かれた。

「もっとさがれえ！　門の方にケツを向けて伏せろ」

「あのう、そちらさんケーサツですやろか」

クックッと軍曹はスポットライフルを覗きこみながら唇だけで笑った。

「残念ながら警察ではない。軍人だ！」

「え？　軍人。何ですねん、それ」

「バーカめ。不幸な少年たちよのう。キサマらも男になりたければ軍人になることだ。さあヤクザども、正義の弾丸を受けてみよ！」

十二・七ミリの曳光弾がオレンジ色の光の尾を曳いて連射された。門扉《もんぴ》の鉄板が激しく叩かれたのと、軍曹が一〇六ミリ無反動砲の引金を引いたのは同時だった。後方に噴出した爆煙が世界をゆるがし、いまだ明けぬ夜空をあかあかと染めた。

「命中！　命中！　ケンちゃん、乗れ」

ピスケンの頭に鉄甲《てつかぶと》を冠せると、軍曹はひらりと運転席に身をおどらせ、ヘッドライトに照らし出された煙幕に向かってジープを突進させた。

「何するんだテメエ、うわ、こえーッ！」

「カアーッ、カッカッ、血と硝煙の中で死ぬるは男子の本懐！　よおし、死ぬぞお、うれしィ！」

「うれしくなんかねえ、俺ァまだ死にたくねえぞ！」

こいつは究極のオタクだ、とピスケンは鉄甲を抱えながら考えた。


その夜、山内龍造代議士の私設第一秘書・榊原六平《さかきばらろっぺい》は、ふしぎなくらいツイていた。ツキすぎて何となくイヤな予感がするほど、ツキまくっていた。

闇夜にまぎれて星野組本部を訪れ、ひそかに主人から託されたギャランティだけを置いて帰るつもりが、麻雀に誘われた。

選挙区の城代家老として、市民の陳情を体《てい》よく断わることが主たる任務の榊原は、ナゼか麻雀の誘いだけは断わったためしがなかった。

そのくせ腕前はおそろしいほどのヘボであった。雀歴四十年を経た今でも、三九〇〇《ザンク》と五二〇〇《ゴーニー》の違いがわからず、痛恨の上がりダンペもしばしばあった。性格が自分勝手だから、ミエミエの満貫テンパイに対して臆面もなくピンフのみのリーチを挑み、ときどき対《トイ》面《メン》からチーをし、先ヅモした牌《パイ》をとっさに手のうちに押しこんでしまう悪いクセもあった。半荘《ハンチャン》にいちどはノーテンあがりのチョンボをし、一晩に三回は多牌《ターハイ》ないし少牌《ショーハイ》をしたが、笑ってごまかすことだけはうまかった。

しかし彼は負けない。すべての麻雀は接待だからである。対局者たちは彼のリーチに対して、「やあ先生、お強いですな。参った参った、切るものがない」、とか言いながら、狙い定めてアタリ牌を振り込むことになっていた。

それにしても、その夜は妙にツイていた。配牌はいつもピンフ系のリャンシャンテンかイーシャンテンで、リーチをかければ振り込みを待つまでもなくツモるのである。

星野組本部の奥の間に造りつけられた麻雀ルームの卓は、かきぬまが世界に誇る最新鋭全自動卓で、送りこみ、積みこみ等は全く不可能である。純然たるツキに違いなかった。

すばらしい快進撃が夜半まで続き、やがて彼のサイドテーブルには札束の山が築かれた。

対局する星野組の組長以下三人の幹部は、いつのまにか笑顔を失っている。しかし秘書歴三十年のツラの皮は厚かった。

（しめしめ、このまま行けばさっき払うたオヤジのゼニは、ぜんぶワシのものや……）

またまたラス牌のペンチーピンを一発オープンでツモって、榊原はほくそ笑んだ。

「……おい、どないなっとんのや。かれこれ二千万もイカれてもうたで」

「まるで神がかりですわ。まさかイカサマやないでしょな」

「アホ抜かせ。うちの卓とうちの牌でよ、身内三人が相手やで。どないしてイカサマするねん」

「それもそやね。けど、バクチ打ちが三人カモられて、シャレにならんわあ。そのうち役満でも作るんやないやろか。わあ、おそろし。祝儀百万通しいうキメやし。やりそやなあ、たまらんなあ」

組長は若頭《わかがしら》と舎弟頭《しやていがしら》の二つのアタマを抱き寄せた。

「ええか。こうなりゃ意地でも取り戻すで。テンパったら咳払いひとつや。で、頭に手をやったらマンズ。顔がピンズ、胸がソウズ、ケツが字牌や。徹底的に身内に振りこんで、もう二度とトップ取らすな」

榊原が思いがけぬボーナスにうかれながら、トイレから戻ってきた。

「ささ、続けまひょ親分。たまにはよろしな、麻雀も」

「……クソ。何がたまにはだ。三日とあけずに通うとるクセに……」

「え？　親分、何か言わはった？」

「いえいえ。やあ参ったな。先生はいつも手かげんされんから。さ、始めまっせ、こうなりゃ差しウマも倍や。祝儀も倍！　よろしおますな」

「はいどうぞ。受けましたでえ。さあて、ええ配牌くるかな、こいこいこい……こい……こ……ン？」

およそ労働とは縁遠い毛むくじゃらの手で牌を揃えながら、榊原秘書の顔から笑みが消えた。握りつぶすほどの気合をこめて最後の一牌を引くと、まるで銅像のような無表情になった。

「どないしはった先生。親でっしゃろ……はよして、じらさんと。親がやらんと子はでけん」

受けない冗談を言って、組長はゾッとした。榊原が目を上げて、意味ありげに笑い返したのである。

与党実力者の第一秘書ともなれば、そこいらの議員よりずっと偉そうなツラをしている。掛け値なしの大貫禄である。その巨顔が実に幸福そうに、ニッと笑ったのである。

「上がっとるで……」

柱時計がゴーンと真夜中の鐘を打った。およそ三分の間、対局者は神の顕現を目《ま》のあたりにしたように、石になった。

「うそや……」

「冗談やめとき、先生」

「バクチ打ちからかって、どないするの……」

卓から顔を上げて、榊原はおもむろに牌を倒した。

「うそやない。天和《テンホー》や、ダブル役満」

ヒエーッ、と三人は同時に卓を蹴飛ばして椅子ごと壁ぎわまで飛びのいた。たちまち立ち上がって万歳を三唱する榊原秘書の顔は、当選確実の歓喜に酔いしれていた。

「やったで、ダブル役満十二満票！　じゃなかった、十二万点！　祝儀は倍の倍やから八百万通しの二千四百万円！　それに点棒が一千二百万やろ、差しウマが六百万で……わあ、足し算でけへん、もういつ死んでもかめへん。矢でも鉄砲でも持ってこい。大砲でもええぞ！」

大砲がきた。

耳をつんざく大音声《だいおんじょう》とともに、一〇六ミリ榴弾は鉄扉を貫き、壁を砕き、ビルの一階部分を一撃で粉砕したのである。

やがて瓦礫《がれき》の山から必死で身を起こした榊原の目前に、硝煙をついて一台のジープが近付いてきた。

「な、何や、地震やろうか」

親分はシャンデリアを頭に冠って起き上がった。

「核戦争や。エリツィンがボタンを押しよった」

若頭の背広の肩はメラメラと燃えていた。

「そやから反共活動の手はゆるめるな、言うたんや。ロシアはやっぱり死んだフリしとった」

舎弟頭はむき出しになった鉄骨の梁《はり》にぶら下がってそう言った。

ジープは燃えさかる炎を背に前進すると、瓦礫の山に乗り上げて止まった。ふたつの影が左右に降り立った。大きな影は機関銃を腰だめに構え、もうひとつの影は両手に拳銃を提げている。

「わ、あかん。歩兵がきよった。落下傘で六甲《ろっこう》に降りたんや。待て、撃つな。わしは国会議員の秘書やど。こうなりゃエトロフはいらん、北海道もくれてやる！」

榊原は叫んだ。頭の隅にチラと天和《テンホー》の配牌がかすめたが、それどころではないと考え直した。

「われわれは共産軍ではない」

機関銃を構えたまま大男が言った。

「アレ、日本語や」

「どないなっとるんや。ロシアやないて」

「アメリカの寝返りとちゃうか。きょうびのアメリカ人はみな日本語ペラペラやしな。コメ買わんと車ばっかり売っとったから、とうとう怒ったんやろ」

突然、七・六二ミリ六〇式軽機関銃が、バリバリと頭上に掃射された。悲鳴を上げて打ち伏した男たちの耳に、まごうかたなき日本語が呼びかけられた。

「われわれは共産主義者でも米軍でもない。天にかわりて不義を討つ、忠勇無双の日本国自衛隊である。まつりごとを私し、それを正さんとした善良なる市民を殺し、あまつさえ死体を晒して国民を恫《おど》したキサマらの罪は、万死に価する。われわれは正義の名においてキサマらを誅《ちゅう》する。覚悟せい」

「えッ！　自衛隊が何でそれを。待て、話せばわかる。カネならいくらでも出すぞ。よし、差しウマ、じゃなかった防衛費は二倍にする」

「だまれ、天地容《い》れざる朝敵ばら。ゼニカネで罪を免れると思うてか。われらをみくびるな。われらは神武《じんむ》東征《とうせい》の昔から義のために死する神の兵士ぞ！」

「すげえ自衛隊だな……よし、個室つくったる。外出も自由や、メシはコシヒカリにしよう。そうや、赤線も復活したる。これでどうや」

榊原は散乱する札束をかき集めて、神のつわものに向かって差し出した。兵士は足元を蹴ちらかして仁王立ちに立つと、あきれ果てたように深い溜息をついた。

「わかりやすく言う――われらはいやしくも世界を相手に戦った、衿《ほこ》り高き帝国軍人の末裔《まつえい》ぞ。大西郷《だいさいごう》の作り給うた、史上最強の軍隊ぞ！」

「ぜんぜんわからん……」

「わからなければ、続きはあの世で二百万英霊に訊《き》け。地獄に落ちよ、悪党ども！」

抱え上げられた機関銃の銃身を、かたわらの兵士がなだめるように制した。男は拳銃を提げたまま瓦礫を踏みしだいて組長の正面に立った。

銃口が鉄甲の庇を押し上げたとき、星野組の幹部たちは炎に照らし出された面ざしに目を瞠《みは》った。

「てめえは、ピスケン！」

あとずさる組長におどりかかると、ピスケンは喉元に二丁の拳銃を押しこんだ。煤《すす》けた顔の中の動かぬ三白眼に、組長は慄え上がった。

「ほう、知ってやがるのか、俺を」

「おう、知っとる。知っとるで、業界であんたを知らんかったらモグリや。わし、ブロマイドも持っとる」

「だったら天政の代紋にツバ吐いて、俺が黙っているとでも思っていやがったのか。岩松のオヤジや克也のガキみてえに、このピスケンがてめえらの看板に慄えるとでも思ってたか」

「いや、思うてへん。もうとうに引退されたもんやと……」

「おい、五代目」、とピスケンは声を低めた。

「極道は死ぬまで極道だぜ。いつだって本物は道の上で死ぬもんだ」

「あんた、こないなマネしくさって、ただで済む思うとるんか。ワシにはな、三万からの若い者が……」

「三万がどうした。一人で殺《と》っても命はひとつ。三万でかかったって命はひとつだぜ。そうじゃねえか、え？　五代目——」

オン・エア

カメラリハーサルを終えて控室に戻ってから、山内龍造はこの番組の及ぼす効果に、改めて確信を持った。

葉巻をくわえ、座敷の壁に嵌《は》めこまれた大鏡を見つめる。どう見ても収賄者の顔ではない。野党や他派閥の政敵に陥れられ、あらぬ罪を着せられた悲劇の政治家のそれだ。

すべては計画通りに進行している。一秒もたがわぬ番組の進行と同様に。

一週間後に控えた公判は、次期政権を狙う山内龍造にとって最後のハードルであった。党内における勢力はすでに他を圧倒しており、閣僚経験も十分である。彼につきまとう灰色の影を、無罪の風で吹き飛ばすことができれば、宰相の椅子は約束されたも同然であった。

山内龍造は禿げかけた頭をかしげ、好々爺《こうこうや》の笑みを満面につくろって葉巻を灰皿の上に置いた。そうだ――これもやめよう。自分にとっての敵は、もはや病気だけなのだから。

ゴールデンタイムに組まれた特別番組への出演は、渡りに舟であった。国民の前で述べる卓越した政策とともに、受難者としての涙も怒りも、ちゃんと用意してあった。

ドアをノックして、川口プロデューサーが入ってきた。たくましい体にきちんと背広を着こみ、テレビ人としてはいかにも信頼に足る好漢だ。

（この男にはゆくゆく目をかけてやらねば）

と、山内龍造は得意の微笑を返しながら思った。

「やあ、どうだったかね、リハーサルは」

山内は座蒲団を勧めながら言った。

「はい。たいへんけっこうでした。新聞や雑誌での宣伝も行き届いておりますし、数字も期待できます」

「そうか。関東テレビの全国ネットだ。視聴率三十パーセントも夢ではあるまい。タイトルは傑作だね。『特別番組・日本の光と闇——真犯人は誰だ！』か。なかなかセンセーショナルだよ。政治が暴力団に侵食されるという危機感が感じられる」

「タイトルについては考えに考えましたから。裁判の関係者はもちろん、すべての大衆にアピールするはずです」

「一時間の生放送中に、ＣＭが入らないというのも前代未聞だろう」

「はい。すべては先生のお力です。それだけでも、話題になっていますから」

「自動車業界はね、私にはさからえんのだよ。私がヘソを曲げれば対米輸出はピタリと止まるからな」

座蒲団を固辞《こじ》して、上がりがまちに川口が腰を下ろすと、間をつくろうように山内龍造は言った。

「ところでキミは、どこの大学かね」

川口は心もち目を伏せた。

「早稲田ですが」

「ほう、やはりマスコミには早稲田が多いね。そういえば——不幸なことになった朝陽新聞の記者、あれもたしか早稲田だったな」

目を伏せたまま、川口は言った。

「よくご存知ですね」

「彼はあることないこと、ずいぶん騒ぎ立ててくれたからね。背後関係について調べたのだ」

「何かわかったのでしょうか」

「ああ、公言はせんがね、野党からカネが回っていた。しかし天政会にやられるとは、まあ天罰だな」

「天罰、ですか――」

川口は膝のうえで拳を握りしめた。拳のふるえが膝から胸へと伝い、小刻みに全身をゆるがせた。

「そういえば関東テレビにも出ておったな」

「私の番組です。彼とは同期でした。学生運動も同じセクトで」

「それは皮肉だね。ひとりは虫けらのように殺され――見たかね、芦ノ湖に浮いた姿。まさに虫ケラの死体だった――もうひとりはマスコミの王道を歩む、か」

川口は背を向けて立ち上がった。

「いえ、私はこの番組かぎりで、退社します」

「退社?――また、なぜだね? 不満があるなら、私から会長に口添えしてもいいぞ」

川口プロデューサーは振り返ると、ていねいに頭を下げた。

「不満はありません。ただ――視聴者の怒りや嘆きや喝采を聞くことのできないテレビという媒体が、いやになったんです。ご好意だけ、ありがたくお受けしておきます――まもなく本番です、ご用意を」

見送る山内龍造の目に、そのうしろ姿はふしぎなくらいたくましく、頼もしげに映った。

広橋秀彦はラウンジのソファに腰を下ろしたまま、ぼんやりとときの過ぎるのを待っていた。

テーブルの上に開かれた写真週刊誌のグラビアから、草壁明夫の遺影が広橋を見上げている。右手にボールペンを握り、左手を豊かな長髪に差し入れてカメラを見つめる、思慮《しりよ》深い顔であった。「日本の光と闇」と題された見出しが、まるで自分のために言いおかれた彼の遺言であるように、広橋は感じた。

背後に向井権左ェ門が立った。

「どうしたヒデ。チャンネルを変える勇気もねえのか」

テレビにはかしましいお笑い番組が流れている。眼鏡をはずして、広橋は疲れた瞼を揉んだ。

「わからないんです。自分が何をすべきかが」

「そんなに辛えか。おめえのそのコンピュータみてえなオツムが止まっちまうほど」

「向井さん、こればかりはあなたにもわからない。決してわかりはしない」

向井権左ェ門は鳥打帽のつばを持ち上げると、腕組みをして広橋の前に立ちはだかった。得体の知れぬ巨《おお》きな影が頭上に覆いかぶさったように感じて、広橋は目を上げた。

「わかるわけァねえよ。どだい俺とおめえとじゃ、頭のデキが違う。末は大臣、いや宰相に違えねえと言われたおめえが、ああも簡単に罪を背負って破滅した。そのひとつにしたって、俺の頭じゃまったく理解ができなかったぜ」

「もうそんな話をむし返すのはやめて下さい」

「――それも、そうだな」

と、向井は吊り上げた唇の端にタバコをくわえた。

「それじゃ、もうちょいと面白え話をしようじゃねえか」

ひるまずに睨み上げる広橋の目から、少しも視線をそらさずに、向井は続けた。

「霊安室でふと思ったんだが――ヒデ、おめえ変死体《オロク》を見分したのァ、こんどが初めてじゃねえよな」

立ち塞がる向井の影の下で、凍えるほどの冷気が自分を包みこんだように思えた。

「まさか。ぼくは平凡に生きてきた人間ですからね。そういうものには縁がなかった」

「いや、それはウソだ」、と向井は、アリバイを突き崩そうとでもするように目を剝いた。

「てめえのオヤジの死体を見たろうが。用水路に嵌まって死んだ、おめえの父親だよ」

髪の根が締まった。言い返す言葉はことごとく咽にからみついた。

「どうしたヒデ。こんな話をむし返されたんじゃ、いよいよもってたまらねえか。鉄面皮のおめえのビビったツラは、初めて見るぜ」

「他人の過去を詮索して何が面白いんです。悪い趣味だ」

向井は唇だけで不敵に笑った。

「たしかにおめえの苦労は誰にもわかるめえ。だが、俺にァわかることもあるぜ。なんたって星の数ほどの人殺しを挙げてきた、マムシの権左だ」

続く向井の言葉を予測して、広橋は慄えた。もしそれを向井が口にするとしたら、このふしぎな老人は人間ではない。人間でもマムシでもない何物かだと、広橋は考えた。

「どういうことでしょうか、はっきり言って下さい」

「聞きたくねえことを聞こうとするのは、てめえがクロの証拠だぜ」

と、向井は腕組みをしたまま、取調室でそうするようにゆっくりと歩き出した。

「それじゃ言ってやる。三十年前《め》ェのローカル新聞の隅によ、こんな記事があったな。飲んだくれの農家のオヤジが、雪のきた用水に嵌まって死んだ。第一発見者は探しに出たそいつの女房だった。被害者《ガイシャ》はどうしようもねえ酒乱でよ、朝から晩まで酒ばかりくらっているゴクツブシさ。当然県警は女房を疑った。コロシの線でな。だが、気弱で喘息《ぜんそく》持ちの女房が亭主殺しなんて大それたマネをするわけァねえと、シロになった」

「シロもクロもあるものですか。おふくろはあの晩、ずっとぼくと二人で家にいた」

「ああ。おふくろは家にいた。夜っぴいて内職をしていたな。だが、セガレはいなかった」

広橋の肩がわずかに揺れた。向井権左ェ門はタバコを投げ棄てると、その慄えを押しとどめるように広橋の肩を握った。

「あんたにはわからない。わかるわけがない、わかって、たまるものか」

「いいや、俺にはわかる」と向井はただれ落ちるほどの老いた目を見開いた。「凍った用水の淀《よど》みに父親の姿が沈んだとき、おめえがいってえ何を考えたか。村じゃ野口英世《のぐちひでよ》の生まれ変わりと噂されたガキのこった、泣きもせずわめきもせず、てめえがこれからしなけりゃならねえことを、一生懸命に考えたに違えねえ。そうして、おめえは立派な男になった」

「そんなんじゃない。そんな上等なものじゃない……」

「よおし、じゃあこう言いかえてもいい。父親殺しの十字架を、一生かけて償おうとした。それには偉い人間になって、貧乏人のいねえ世の中をてめえの手で作り出すことだ」

広橋は向井の手を振りほどいて立ち上がった。

「違う。俺はオヤジが大好きだった。あのときだって、よおヒデ、迎えにきてくれたかって、オヤジは大きな手で俺の頭を撫でてくれた。でも、帰ればまたおふくろが殴られると思って、今夜こそ殴り殺されるかも知れないと思って……オヤジは用水の土手で空を見上げた。ヒデ、冷えるわけだなあ、雪が降ってきやがったって、オヤジは背中を向けたんだ……」

「わかった、もういい——同じことじゃねえか。おめえが作ろうとしたのは、子供が親を殺さなくてすむ世の中だ。そうだろう」

向井は崩れ落ちる広橋の体を、胸の中に抱き止めた。

「俺は誰にも負けなかったよ」

「そうだ、おめえは誰にも負けなかった。だからこそ山内龍造はおめえにことさら目をかけた。たぶん、後継者はおめえだと決めていた。あの事件が起きるまではな」

広橋は床に膝を落とすと、向井の腰にかじりついた。

「人殺しが偉くなっちゃいけない。親殺しが議員なんかになっちゃいけないんだ。違うか、ゴンさん」

「そうだ。そう考えちまったとき、おめえをずっと支え続けてきた何かが、ポキリと折れた。それが何だかわかるか、ヒデ」

広橋は向井を仰ぎ見た。自分の探し求めていた解答が、思いがけずにこの老人の口から託されるのをじっと待った。

「それは、勇気だ。ところが、おめえが捨てた勇気を、後生大事《ごしょうだいじ》に拾った野郎がいた。あの草壁明夫のオロクに出くわしたときのおめえの顔は、尋常じゃなかったぜ。それもそのはずだよな、見ようによっちゃ、あれァおめえ自身だったんだから」

広橋秀彦は用水の土手からずっとこらえ続けてきた涙を、さめざめと流した。骨張った手で広橋の慄える顎を持ち上げると、向井は唸るような声で言った。

「おめえが人殺しなら、山内も人殺しじゃねえか。もういっぺん用水の土手に立て。空を見ろ。冷えるわけだぜ、雪が降ってきやがった」

番組が始まって冒頭の二十分間を、山内龍造は収賄事件の自己弁護に費やした。それはスタジオを埋めつくした聴衆を大いに魅了する熱弁であった。

「いつの世にも、正義の行く手には悪魔の罠《わな》が待ち受けているものであります。わたくしたちの愛するこの国が正しい方向へと進むことを、故意に阻害する何者かが、たしかにいるのであります。わたくしは、もとより政権に固執するつもりはない。しかしわたくしが屈することは、正義が悪の前に屈することなのであります。だからわたくしは戦う、負けてはならないのであります」

山内龍造が長い主張をそう締めくくって、ひとしきり背筋を伸ばしたときである。彼の期待した喝采が、ふいに不穏などよめきに変わった。

山内はステージの下に設けられたモニタースクリーンを見、満面の笑顔を凍りつかせた。

「なんだ、これは！」

振り返って山内がそこに見たものは、巨大なモノクロの写真——白菊の喪章に隈どられた、草壁明夫の在りし日の姿であった。

右手にボールペンを握り、左手を長髪にあてがって、草壁の深いまなざしはまっすぐに山内龍造を見下ろしていた。

背後に切り落とされた段幕を、何人ものアシスタントがステージの袖へと引きずって行った。

写真の上に掲げられた、「日本の光と闇——真犯人は誰だ！」というタイトルが、まったく違った意味を持ったことに、山内は狼狽《ろうばい》した。

「どういうことかね、川口君！」

山内は腰を浮かせて、スタジオの隅にたたずむ川口プロデューサーを指弾した。

「ご覧の通り、こういうことです」

川口は言いながらステージの中央に駆け上り、

「一カメ、アップ」、と中央のテレビカメラを手招いた。

「特別番組・日本の光と闇――真犯人は誰だ。私はこれからの進行をつとめます、関東テレビプロデューサーの川口祐次《ゆうじ》です。まず視聴者の皆様に前もってお断わりしておきますが、当番組の全責任は、私ひとりにかかるものでございます。したがいまして、進行中にどのような不穏な表現がなされましても、法的もしくは道義的責任の一切は、私個人にかかるものとご承知おき下さい。さて――以上は山内議員の釈明でしたが、続いて山内議員の第一秘書、榊原六平氏のご意見を伺いたいと思います。榊原さん、どうぞ」

器材の陰から押し出されるように現われた榊原六平の姿を見て、スタジオのどよめきの中から悲鳴さえも起こった。第一秘書はボロボロの背広を身にまとい、髪の毛も逆立て、煤だらけの顔を歪めながらステージによろぼい出たのである。

膝をついて山内議員にはい寄る榊原の悲惨な姿をカメラは捉え、その涙声をマイクは正確に収音した。

「先生、もうあかんで。あいつら星野組を地検に引き渡して、わしをここまで連れてきよりましてん。悪魔や、あいつら」

榊原が指さした先には、悪魔たちの姿は見当たらなかった。「あれ、どうしたんやろ。わしら自衛隊の大砲ブチかまされましてんで。わあ、鳥肌や。シビリアンコントロールやて、専守防衛やて、みんなみんなウソやァ！」

榊原は狂ったように床に泣き伏した。

表情から微笑こそ消えていたが、山内龍造は考え深げに腕を組み、冷ややかな視線をのたうち回る秘書に向けていた。

「とんだ茶番ですな。どうやらわたくしの復権を怖れた悪魔どもが、窮余《きゅうよ》の強行策に出たようです。とうとうわたくしの頼みとする秘書にまで魔の手が伸びた。ともかく、わたくしは戦わねばならない。これで失礼します」

ステージを立ち去ろうとする山内の背に、客席から怒号とブーイングが激しく浴びせられた。

「逃げるのか！」

「釈明しろ！」

退路を断つように、スタッフとテレビカメラが山内を取り囲んだ。

「これは陰謀です。わたくしが政権を取ると困る人間たちの仕業です。みなさん、欺《だま》されてはならない！」

山内はすべてのカメラに向かって叫んだ。警護のSPたちが山内を囲み、走り出た観客を押し返した。

そのとき、強引に開かれた退路の先の、スタジオの扉が突然開け放たれたと思うと、息を荒らげた一人の男が飛びこんできた。

「カメラ回せっ！　ライト！」

川口プロデューサーはステージのうえから叫んだ。モニターテレビに、汗みずくになった男の顔が大きく映し出された。スタジオは水を打ったように静まった。

男はまるでゴールインしたランナーのように肩で息をしながら唇を慄わせていた。続いて映し出された山内龍造の顔から血の気がうせ、青ざめた老人の表情に変わるさまを、テレビの前の国民ははっきりと見た。

SPの警護が少しずつ、気圧《けお》されるように後ずさると、山内はめくるめくライトの下で独りになった。

「先生……いや、もうそんな呼び方はしない。ぼくは法廷に立ちます」

広橋との間合いを測るように、山内議員は一歩一歩、後退した。

「なぜだ……なぜ、今になって」

広橋はライトを含んだ厚いメガネを、ステージの上の草壁明夫の遺影に向けた。

「ぼくはあいつに言い忘れたことがあったんです。人殺しが偉くなってはいけないんだって、ぼくは草壁に言ってやらねばならないんだ。あいつのライフワークを、完成させるために――」

六本木《ろっぽんぎ》の交差点にほど近い防衛庁の表門にジープを横付けすると、軍曹は呆然と見守る警衛に向かって声をかけた。

「いやあ、返納が遅れてしまった。すまんすまん。気を揉んだか？」

あまりに尊大な態度とツラ構えから、これはさぞかし偉い人、たぶん演習帰りの連隊長か高級幕僚に違いないと考えた隊員は、とっさに捧《ささ》げ銃《つつ》をした。

「や、ごくろう。では返したぞ。よろしい、休め」

軍曹はそう言うと、何ごともなかったかのように盛り場の明りをめざして歩き出した。

「おい軍曹。レンタカーを返すのと違うんだぜ。こんなんでいいのかよ」

追いすがって、ピスケンは言った。

「ではどうすれば良いのだ。超過料金でも払うか？」

「ううん、そうだなあ。でもいくら取られっかなあ。大砲も撃っちまったし、ガソリンはカラだし」

「ほっとけ。国民のために国民の血税を費やしたのだ。これが自衛隊の正しい使い方なのだ」

「なるほど、そうか。すげえ説得力があるな。あまりにも単純な答だけど。やっぱ、おめえはただのオタクじゃなさそうだ」

戦闘車両盗難という重大事件をひそかに伝達されていた警衛司令が、門から躍り出てふたりを呼び止めた。

「待て！　止まれ。待たんかコノ。止まらんと撃つぞ！」

「ハア？」、とふたりは同時に振り返った。ことのなりゆき上、警衛司令の構える拳銃がオモチャのように見えたのは当然であった。

「撃つってよ。どうする軍曹、殺しちゃおうか、正当防衛だし」

「やめておけ。撃ってもたぶん俺たちには当たらんよ。ああ、いかん。また死にぞこねてしまった」

軍曹はブツブツと独りごちながら、六本木の交差点に向かって歩いた。行き交う人の波が、彼らを慈しむ神のうてなのように、ふたりの姿をやさしく隠した。

街角のショーウインドウに人だかりがあった。数十台も列《つら》なったテレビのすべてが、広橋秀彦の顔を大映しにしていることに、ふたりは気付かない。

「冷えるな。」ケンちゃん、一杯ひっかけて行くか」

「そいつァいい。だが待てよ、おアシがねえな……ええと、二千円ちょっと」

「俺は三千円持っておる。十分だろう。なあに足りなければ体で返せば良い」

路地に歩みこんで、ピスケンはふと立ち止まると、小さな夜空を見上げた。

「冷えるわけだぜ、軍曹。雪が降ってきやがった」

「おお、ヒデさんがまた喜ぶなあ。会津《あいづ》の男には雪の晩が良く似合う」

縄のれんをくぐりかけて、牡丹雪の舞い落ちる路地を振り返ったとき、表通りのショーウインドウをうずめた群衆の間から、華やかな喝采が沸き上がった。

裏街の聖者

路地裏の診療所

歌舞伎町《かぶきちょう》の繁華街と職安《しょくあん》通りを隔てたその一帯は、あやしげなホテルと古アパートばかりの立ち並ぶ淫靡《いんび》な街である。

日が昏《く》れると異国の女たちが辻々に立ち、手持ちぶさたを装う男たちがさまよい歩く。しかし一夜が明け、日の下に晒《さら》け出されたその街には、ひどく空虚な、あっけらかんとした印象がある。道路も壁も電信柱も、浸《ひた》されていた闇の潤いが乾くほどに、色あせて薄っぺらな大道具のように見えてくる。

その風景がまた、祖国を捨ててやってきた女たちの肌の色に、妙に良く似合う。昼間の彼女らはひとしく笑い続けている。まるでそうしていることが、彼女らの神の教えでもあるかのように――。

尾形清《おがたきよし》の診療所はそんな街のなかの、複雑に入り組んだ路地の奥にあった。どの角度から見ても、はっきりと傾いた古家である。板塀は薄汚なく繁茂した植木に押されて、路地にたわみ出ている。二階の窓ガラスはどれも油を流したように歪んでおり、欄干は腐りきって、見るだにあやうい。

たてつけの悪い引戸を開けるとすぐに玄関で、異国の患者たちには二枚の木戸が重なったふしぎな入口に見える。

二間つづきの和室にカーペットを敷き、椅子と机と診察台が置かれている。待合室がないので、患者たちは狭い廊下に膝を抱えて順番を待つ。どこもかしこも、目の置き場がないくらい乱雑にちらかっている。

台所は薬局を兼ねていて、立入禁止という意味の注意書きが、何カ国語かの赤い文字で掲げてある。二階には六床の簡易ベッドが用意してあり、入院患者のいるときはボランティアが交代で宿直にあたっている。

法律も条例もまったくおかまいなしのこの医院の患者は、すべてが不法就労の外国人であった。患者の存在自体が不法なのだから、診療所が法にかなっている必要などなかった。理屈は何もない。そこにあるものはただ、肉体の痛みと、それを癒《いや》そうとする医術だけであった。

尾形清には、いわゆる医者らしい明晰さも、高貴さも、清潔感もない。一見《いっけん》して雑種犬の鎖が良く似合う中年の男である。頭髪は薄く、ごつい脂《あぶら》じみたフレームのメガネをかけ、表情はいつも茫洋《ぼうよう》として捉えどころがなく、腹は怠惰《たいだ》な感じに突き出ている。そうした風采《ふうさい》にまったくふさわしく、無口で不器用で、鈍重である。

要するに、ひとたび白衣を脱いでしまえば、誰も彼のことを医者だなどとは思わない。

「頼みますよ、先生。今月は集金させて下さいよね。先生はボランティアかも知れないけど、こっちはサラリーマンなんだから。二カ月も支払いを飛ばされたんじゃ、会社にも言いようがないですよ」

製薬会社の若い営業マンは、帰りがけの勝手口で尾形にそう言い含めた。

「すまんなあ。何しろ、大学病院の診療も週に二回だけだから、たいした給料にはならんので……」

と、尾形はげんなりした顔で、廊下にひしめく患者たちを見つめた。

「それに、何といっても養子の後添いだからねえ。不自由な身のうえなんだよ……月末には何とかするから」

営業マンは溜息をついて勝手口から出た。

「クサレ縁ですねえ、先生とも」

「そう。ここはクサレ縁ばかりでな」

「サンプル、置いときます」

「やあ、いつもすまんねえ。サンプルばっかりもらっちゃって」

営業マンは注射器の束を洗濯機の上に置くと、不機嫌そうに帰って行った。

「すまんなあ、いつも……」

誰もいない勝手口でぺこりと頭を下げて、尾形は呟いた。高価なインターフェロンを毎度こんなに置いていって、いったいどこで帳尻を合わせるのだろう。

この厄介な仕事を尾形が始めることになったいきさつに、はたで思うほどのきれいごとは何もなかった。むしろ、なりゆきでこうなった、という方が正しい。

何しろ受験で浪人し、大学で留年し、国家試験でも落第した尾形である。医者であり続けるだけで精いっぱいなのだから、ヒューマニズムの入りこむ余地などどこにもない。

医局の先輩に、長く僻地《へきち》医療にたずさわっていた偏屈な医師がいた。保険も持たず、金もなく、罹患《りかん》のリスクばかり大きい不法就労者専用の診療所を開いたのは、もともとその偏屈な医者であった。

手伝いを頼まれてイヤと言えなかったのは尾形の優柔不断な性格のせいもあるが、彼なりの目論見《もくろみ》もなかったわけではない。まったくひどい話だが、臨床医としての自信をいつまでたっても持てぬ尾形は、「腕を磨くつもり」でこの無償の仕事を引き受けたのだった。

「ここでの一年は、まあ医局での二十年分に相当するな」

コンプレックスのかたまりの尾形にとって、先輩医師のその言葉は、どんなきれいごとにも増して魅力的だった。

　ところが、困ったことになった。尾形が週に何度かの手伝いを始めて間もないうちに、医師が感染症でポックリ死んだ。劇症肝炎《げきしょうかんえん》というやつである。

　そのとき折りしも六床のベッドは満床で、毎日五十人はくだらぬ患者が診療所に押しよせていた。

　こうして引っこみのつかなくなったまま、尾形の戦争は始まったのである。まさになりゆきであった。

　そう――患者たちにとってこの異国の盛り場は戦争であり、尾形の診療所は唯一の野戦病院なのだ。ノー、と言えば彼らはたちまちのたれ死ぬ。意識不明になって担ぎこまれぬ限り、彼らが彼らの意志で設備も薬品も整った病院に行くことはないのである。当然、尾形も「腕を磨く」などという悠長な考えはすぐに忘れた。

　そして、もうひとつの大問題が彼を待ち受けていた。まさか先代の医師が、身銭を切ってこの診療所を維持していたとは知らなかったのである。おそらくそれなりの慈善団体か篤志家《とくしか》の援助があるのだろうと考えていた。

　つい先ごろまで奨学金の返済をし、未だに故郷への仕送りを続けている尾形に貯えはなかった。頼みの綱は週に二度、外来の診察に行っている大学病院の給料しかないが、それとてまったく自由に使えるわけではない。

「養子の後添い」という立場は、この際たいへん難しい。

育ちがらプライドの高い妻には、大学の研究室でワクチンの開発をしている、と言ってある。時間と金を何とかごまかしながら、この一年をしのいできたが、いよいよ家庭も仕事も限界であった。

――尾形は営業マンの善意について考える間もなく、インターフェロンを握って急な階段を駆け上った。

肝炎に冒された患者たちの、黄色く濁った目がいっせいに注がれる。現在のところこの街の当面最大の敵は、エイズでも性病でもなく、ウイルス性肝炎なのだ。

衛生環境の極めて悪い国に育った彼女らには、肝炎ウイルスのキャリアが多い。自分でもそうとは気付かずに出稼ぎにやってきて、疲労とストレスと劣悪な栄養状態の中で、たちまち発病する。

風邪をひいて熱が下がらないだの、体がだるいだの、鼻血が止まらないだのと言ってやってくる患者のほとんどは、それである。

インターフェロンは決して特効薬ではない。現在の医学で、C型肝炎には唯一有効な治療薬であるというにすぎない。しかもそれでさえ、もともとが人体内の免疫細胞で産生されるウイルス抑制因子であるから、極めて高価である。

　しかし、いったいどのような話が伝わっているのか、患者たちはインターフェロンを信仰している。日本人にはありえないことだが、もちろん生理学的にもありえないことだが、注射を一本打っただけで、ふしぎにシャキッとして勝手に退院して行ってしまうのだ。

　活動性のウイルス性肝炎には投薬よりも何よりも、安静と高タンパク高カロリーの食事が必要である。出て行った女たちがどんな生活をするのかはわかりきっているが、何しろ後がつかえているので、尾形も無理に引き止めようとはしない。野戦病院にたとえるなら、止血だけをして兵士を前線に送り返すようなものである。

「アリガト、先生。愛シテルヨ」

　代価がわりのお愛想を言って早くも身づくろいを始める女に向かって、尾形はいちおう忠告をした。

「あのな、リリイ。君の肝臓はもうカチンカチンなんだ。アパートに帰らないで、大使館に行けよ」

「イヤ。アタシ日本デ死ヌヨ」

　返す言葉はない。カップラーメンをすすって今晩から夜の街角に立つリリイの運命は知れている。動脈瘤《どうみやくりゆう》破裂で血を吐いて死ぬか、肝癌《かんがん》に進行するか、いずれにしろさして遠からぬ死が待っている。

リリイは戦場に帰って行った。

診療所には余分な会話は何もなかった。それぞれの立場をみんなが知り尽くしていた。言葉を交わせばお互いの事情を斟酌《しんしゃく》することになる。だからただ黙って場当たりの治療をし、ただ黙ってそれを受ける。毎日がその繰り返しだった。

裏街に夕闇が迫るころになると、廊下で診療を待つ行列から女の顔が消え、かわりに疲れきった男たちが並ぶ。

カルテを整理しながら、尾形はふと、今晩帰宅した自分を待ち受けているであろうことを想像して暗澹《あんたん》となった。

(ちょっとお話がありますから、今日は早くお帰りになって)

妻は冷淡な、威圧的な口ぶりで、出がけにそう言ったのだった。

教祖様の正体

ピスケンはヒマであった。

浪費癖がバレて、彼だけは月々の小遣いを決められてしまったのだが、宵ごしのカネを持つことは悪いことだと信じているから、月のうち二十九日は一文なしであった。ただでさえヒマなところへきて文なしとあっては、まさに渺々《びょうびょう》たる曠野《こうや》のごときヒマ、自衛隊級のヒマ、時計の文字盤のうえで座禅を組むようなヒマであった。

愛するマリアは相変わらずの看護婦不足で、連絡さえつかなかった。そのマリアに肝機能の低下を指摘されていたので、酒もロクに飲めなかった。要するに、カネも女も酒もない、あるのはヒマばかりの、ただのクスブリであった。

向井権左ェ門は消えた弁護士一家を探しており、ヒデさんはパソコン通信にハマっており、軍曹はある朝とつぜん、脱藩するように里帰りしてしまっていた。

家族に遊んでもらえないときは友人の家を片っぱしから訪ねて、往来から「○○ちゃん！」と唄うように呼ぶのが、幼いころからの彼の習慣であったが、友人といっても十三年も会っていないから、いきなりそうするのも気がひけた。

この際、岩松の親分でもいいや、と思って電話をしたら居留守を使われた。残るは十三年前にゴッテリと貸しを作ってある福島克也しかいなかった。

いっけん淡白に見えるがその実、極めて恩着せがましい性格のピスケンは、ヒマを気どられぬようにルームランナーのうえを全力疾走しながら、福島克也に電話をした。

「おう、克也か、俺だ。いまちょいと体が空いたからよ、たまにゃメシでも食わねえか。

大の男が真ッ昼間から事務所でクスブッてるんじゃねーよ。ヒマってのァ、体に毒だぜ！」

しかし今や飛ぶ鳥も落とす勢いの経済極道は、あいにく、というか当然というか、決してヒマではなかった。

福島克也は赤坂の金丸総業本社ビルの社長室で、両耳に受話器を当て、右手でメモを取り、左手でコンピュータのキーボードを叩き、足でファックスを送信していた。そのうえ目前に並ぶ三人の部下から、別々の事務報告をいっぺんに受けていたのである。まさに現代の聖徳太子であった。

〈こりゃ健兄ィ。へい、ヒマってぃやァヒマですけど……メシを食うほどヒマじゃねえんで〉

「え？　何だそれ。ちょっとまわりが騒々しいな」

〈へい、怖れ入りやす。メシはおとついの晩から食ってねえし、クソは四日前からしてません〉

「そうかよ。おめえもそうとうクスブッてるんだなあ。世の中、不景気だしなあ、気の毒なこった」

実は不景気とは無縁であった。というよりむしろ、その特殊な業態からして、不景気になればなるほど景気の良くなる金丸総業グループであった。

〈いえね、ちょいと食欲がねえもんで……〉

「ナニ、クソが出ねえうえに食欲がねえ！　おめえそりゃ大腸癌だぞ。精密検査に行け、救急病院なら紹介するぜ」

〈いえ……癌じゃありやせん。ええと、申しわけねえがアニキ、お話は手短かに〉

支離滅裂な怒号と、売りだの買いだのと言った叫び声が耳に入って、ピスケンはようやく先方の状況を理解した。

「あ、そうか。本当は忙しかったのか……そんじゃ克也、ひとつだけ教《おせ》えて。俺の知ってるヤツで、ヒマなのいるか？」

〈ヒマ――ヒマねえ。懲役行ってるやつらならたぶんヒマだろうけど〉

「そりゃダメだ。病人と懲役以外で」

〈そうスねえ。何しろ今は、執行猶予中のヤツに借金取《キリトリ》り行かせて、公判待ちのヤツに訴訟やらせてる有様だから。みんなてめえが加害者なんだか被害者なんだかわかんなくなっちまって、法廷でパニクってやんの。ハッハッハッ、ああ忙しい〉

「誰でもいいよ。俺と昔話のひとつもできるヤツ。そうだ、カタギになったのでもいいや」

〈カタギになった？——つまり、退社したヤツですね。カタギ、じゃなかった、一般企業ならヒマでしょう。では少々お待ち下さい。すぐに検索します〉

パカパカとキーボードを叩く音がした。

〈ハイ、只今よりファックスを送ります。あとはてきとうに〉

まるでNTTの案内のように無機質の声を残して、福島克也は一方的に電話を切った。

ファックスといえば、紙が吹き矢のように電線の中を飛んでくるものだと、未だに信じて疑わぬピスケンは、いちおう拳銃を構えて着信を待った。

ピー音のあとに、一枚の名簿が吐き出されてきた。金丸総業退職者名簿——すなわち足抜けのブラックリストである。

「カタギはヒマ、か。うん、言われてみりゃたしかにそうだな。俺がヒマなのが何よりの証拠だ……ええと、こいつは酒グセが悪いし、こいつにはカネ借りたまんまだし、と……選り好みしている場合じゃあねえんだけど。あっ、これこれ、柏木《かしわぎ》の仙太郎《せんたろう》。こいつがいいや。ユニークな野郎だし、何たって俺とは対等《ゴスン》だしな。気ィつかわねえで済む」

ピスケンはウキウキと、かつての兄弟分・榊《さかき》仙太郎の住所に赤鉛筆で印を付けた。

「新宿区北新宿一丁目、日本神霊会総本部——？　何だこれ。右翼かな……ま、いいや、何たって十三年と六月と四日ぶりだ。ヒョッコリ行っておどかしてやろう、っと！」

その一時間後――。

新都心の摩天楼を仰ぎ見る北新宿の、地上げ流れの敷地に巨大なフロ屋のようにそそり立つ、宗教法人日本神霊会総本部では、月に一度の大祈禱会がおごそかに行われていた。

大広間を埋めつくす信者は数百名、口々に唱える意味不明、宗旨なお不明の経文は、きらびやかな格天井《ごうてんじょう》を押し上げるほどに響いている。

教祖の天海御法主《てんかいごほっす》様こと榊仙太郎は、ほんの数年前まで天政連合会内二代目金丸組の幹部であった。しかし兄弟分のピスケンほど度胸はなく、弟分の福島克也ほど商才もなく、とりえといえば押し出しの利く巨体と、人間ばなれした巨顔だけであった。

いずれ業界での目はない、と判断した仙太郎は、ある日卒然として岩松親分に盃を返し、教祖様に変身したのである。彼にとって親から授かったミテクレを十分に生かす職業といえば、ヤクザの他には政治家か宗教家しかなかった。

この教団のもとの教祖様も実はヤクザであったが、幸い弱小組織であったので代紋のパワーに物を言わせて乗っ取ったのである。

バブル真最中の当時、土地建物付きで七億ポッキリはタダ当然であった。しかも客筋は良く、居抜きであった。高利の借金なんて、へでもなかった。

いかにも神のかかったように巨体をゆすり立てながら、教祖様はおどろおどろしい奇声を発する。祭壇には護摩が焚かれ、弟子たちがさかんに鉦や太鼓を打ち鳴らす。　法衣の下にはナゼか全員長袖のシャツを着ており、坊主頭が妙に垢抜けている。

高弟のひとりがパタパタと廊下を走ってきて、御法主様に耳打ちをした。

「親分、じゃなかった御法主様。ご面会の方がお見えです」

水晶の数珠《じゅず》を握った手の甲で、仙太郎はゴツンと弟子の鼻ヅラを殴った。

「うるせえ、とりこみ中だ。面会もクソもあるか。今日はデキがいいんだ、このままあおりたてりゃ、お布施の一千万がとこは堅え。ああ有難え——誰だろうが、車代でも包んで叩き帰せ」

「それがですね。どうともあたしの器量じゃ叩き帰せねえお人なんで」

「ふん。また岩松のオヤジがカスリ取りにきたってか。まったくひでえジジィだよなあ。よっし、こうなりゃ呪い殺してくれるわ」

と、榊仙太郎は自分でも良くわからん経文の声を、ひときわ高めた。

「いえね、岩松のオヤジさんなら車代渡せば喜んで帰るんですけど。最初からそのつもりで来るんだから」

高弟はバサリと法衣の袖をからげて、そっと耳打ちをした。ふと、教祖様の動きが止まった。

「ナニ、健太が……」

まずいときにまずいヤツがやってきた。榊仙太郎はまるでセックスの最中を娘にめっかったような、純チャン三色イーペーコーの安目に一発で引いちまったような、ひどく情けない顔になった。

祭壇の前で急にうちしおれ、顔を被ってうずくまる御法主様のうしろ姿に、満場の信徒たちはどよめいた。誰もがその体に神が下り給うたのだと思ったのである。ムードはいや増した。

「どうしよう、最悪だ。どうしよう……おい、居留守だ、居留守使え」

「もういるって言っちゃいました」

「バカ、タコ。二十四時間ウソばっかりついてんのに、なんで肝心のときだけ本当のことを言うんだ」

「だって親分、じゃなかった御法主様。オレ、ビビっちゃったんすよ。部屋住みのころから話だけァ聞かされてたもんね、耳にタコができるほど。つまりオレら若い者にとっちゃ、ジョージ・ワシントンが桜の枝をかついでいきなりやってきたようなものですぜ。『阪口だが、兄弟はいるかい』だって。渋いなあ、どきどきするなあ」

「感心している場合か、バカタレ」

ワシントンは適切な比喩《ひゆ》ではない、と仙太郎は思った。むしろ肉弾三勇士が爆雷を抱えてやってきた、と言うべきであろう。

「こうなりゃ、泣いてすがるしかねえな。どうかそっとしといておくんなさいって。もともとあいつは、頼めば何とかなるんだ」

「神様みたいですね」

「そうだ。気まぐれで単純で、変に情け深くってな」

「お願いしますよ、せっかく歩き始めたカタギの道なんですからね」

「わかってらあ。時節がら、いまヤクザに戻ったら最悪だからな」

と、御法主様が錦の座蒲団から立ち上がりかけたそのとき、事態は最悪の局面を迎えたのであった。

信者たちの朗々と唱える経文をカラオケにして、廊下の先から「無法松の一生・度胸千両入り」の高らかな歌声が響いてきたのである。

「ま、まずいっ！」

教祖様は青ざめた。信徒たちは、これはいよいよ世界滅亡の霊言かと、いっそう青ざめた。

金箔《きんぱく》を張った大広間の襖《ふすま》が左右に勢いよく開かれ、午後の光が祭壇までの道をかがやかしく曳《ひ》いた。信者たちは背後に神が立ち現われたのだと錯覚し、怖れおののき、いっせいに打ち伏した。

「ヨオッ！　兄弟ッ！　ひっさしぶりだなあ。いや、てえしたもんだ。相変わらず人をだまくらかしてやがるな。ウソつき仙太郎の面目躍如、しかし、ここまでやるとはなあ！」

ピスケンの声は神の啓示のように、信徒たちの頭上に降り落ちてきた。一瞬の不穏な沈黙のあとで、どよめきが沸き起こった。

「お静まり！　お静まりなされ。これは夢じゃ、心の中に巣食うサタンが、幻となって立ち現われたのじゃ！」

必死で現実を否定しようとする教祖様の言葉には、もちろん無理があった。

「なるほど。おめえにとっちゃ悪魔にはちげえねえ。だが、夢じゃねえよ、皆さん」

仙太郎を見据えるピスケンの目は据わっていた。

「な、何を言う。このバチ当たりめがっ。きさまなど地獄に落ちろ！」

教祖様はかたわらの守り刀を引き寄せると鞘《さや》を払った。広間に悲鳴が上がった。

「ふん。バチならもう当たってらい。おまけに地獄もたっぷりと見てきた。おめえがアコギな銭もうけしてる間にな」

ピスケンは信者たちの間を割って、光の道のうえをまっすぐに歩きながら、まるで群衆にパンを分かち与えるキリストのように、ひとりひとりの頭を張り倒すのであった。

「いい若い者が神だのみなんぞしてるんじゃねえ」

「ガキに拝ませてどうなるってえんだ。学校どうした、バカ」

「やめとけババァ。年金は温泉に行って使え。よっぽど功徳《くどく》になる」

「やいオヤジ。頼んでどうかなるほど人生は甘かねえぞ。合わせたその手で働きやがれ」

張り倒された人々が、ひとしくパンを与えられたように感じたのはふしぎなことであった。ピスケンは祭壇の前に立つと、古ぼけた革コートのポケットに両手を突っこんだまま振り返った。

差し入る午後の光がその周囲にありありと奇跡の輪を作っているさまに、人々は息を呑んだ。

「いいかおめえら。こうして下せえって拝んでいるうちは、どうにも変わりゃしねえ。こうすっから見てて下せえと神仏に誓って、初めて変わるてえもんだ。人生、そんなもんだぜ」

広間は水を打ったように静まった。ご託宣を嚙みしめる信者たちの様子が、ひしひしと伝わってきた。ピスケンは大声で笑った。

「ハッハッ。ところで兄弟、そのドスは何のマネだ？」

「だ、だまれバチ当たり」

「法のバチは当たったが、未だに神様のバチは当たっちゃいねえぞ。そんなオレを、てめえが斬れるか？　あ？」

仙太郎はひるんだ。

「どうした兄弟。さ、やってみな。神様でもなきゃサタンでもねえぞ。斬れァ血の出る人間だ。何にも難しいこっちゃあんめえ」

仙太郎の切先《きっさき》はわなわなと慄えた。たしかにこいつは悪魔でも神でもない――これが極道だと、仙太郎は光のない三白眼に見据えられたまま考えたのだった。

パタリとその場に手を突くと、教祖様は懇願した。

「すまねえ、兄弟。悪気はなかった」

「俺に悪気はなくたって、こいつらにゃ悪気はあったろう」

「へ？……ミもフタもねえことを」

信者たちは幕が引けたように、どやどやと広間から出て行った。その様子には明らかにこれから仕事をしようとか、学校に行こうとか、温泉に行こうとかいうふうがあった。

「騒ぎになるじゃねえか。ああ、やだ」

「ならねえよ。どだい神だのみの人間どもだ。欺《だま》されたと知って食ってかかる根性なんてあるものか。良かったな兄弟、今までのお布施、丸もうけだぜ。俺の目の届かねえ所へ行ってまた始めりゃいい。地方へ行け」

「そんな……芸能人じゃねえんだぜ」

「似たようなもんだ。ところで——カネ、あるか」

教祖様と弟子たちは、いっせいにイヤな顔をした。部屋住みの時分から彼らの中に築き上げられていた伝説の英雄像は、一言でガラガラと崩壊したのであった。

「カネなら、そりゃあるけどよ……」

「そーか。よこせ。このことは誰にも言わねえから。文春《ぶんしゅん》に電話したりしねーから。ナニ、たいそうなことは言わねえ、ちょびっと」

「ちょびっとって、いくらだよ」

「一千万」

やれやれ、と、一味はピスケンを無視して祭壇を片付け始めた。

「あのなあ。兄弟。カスリにしたって義理にしたって、一千万はちと高かねえかい。まがりなりにも浄財だぜ、おめえが大井《おおい》や川崎《かわさき》でカイバにしちまうんじゃ、それこそバチが当たる」

ピスケンは下品な高笑いをした。

「気の毒な人間に施しをしたと思やいいじゃねえか」

「気の毒な人間だと？　誰のこった」

弟子たちは、もうかまうなというふうに目配せを送った。

「親も子もねえゼニもねえ、あるのはヒマばっかりの世界一気の毒な人間だよ」

オラ、とピスケンは両手を差し出した。

父と子

尾形清はしばらくの間ロータリーに立って、終電車から吐き出されてくる傘の波をやりすごした。不器用な彼は人混みが苦手なのだ。

近ごろ度の合わなくなったメガネの底から、ぼんやりと降りしきる雨を見つめる。ラーメンの屋台から温かい湯気が流れてきて、頬をなぶる。空腹であった。

家に帰れば豪華な夕食が待っている。冷淡で高慢な女房だが、家事に粗相はない。もっともそんな女の守る家だからこそ、いつまでたっても敷居が高いのだが。

「先生、一杯どうだい」

と、屋台のオヤジがドンブリを差し出した。

「あ、いや……」

「遠慮すんなって。今日はこれで看板だ」

思わずドンブリを受け取ってしまってから、尾形は訝《いぶか》しんだ。自分は物欲しげな顔をしていたのだろうか。たしかに腹はへっているが、家まで我慢ならぬというほどではない。カネはないが、まさかラーメン代に事欠くほどではない。

店主は店じまいを始めながら、尾形の心の中を見透かすように思いがけぬことを言った。

「前の旦那も、よくそこでそうしていなさったっけ」

「え？　父が」

謹厳な官僚であった義父が、深夜の駅頭に立っているさまは想像できなかった。もちろんありえぬことだろう。

「そうじゃないって。ほら、前の旦那」

「ああ、前の、ね」

言葉をはぐらかすように、尾形はラーメンをすすりこんだ。

女房の前夫――大物政治家の秘書だった、あの男のことだ。いちどだけ、義父の墓参りに行って出くわしたことがある。いかにも切れ者という感じの、東大出の選良《せんりょう》を絵に描いた男だった。

あの男に会ってさえいなければ、妻へ向ける顔も少しは違っていたろうと思う。子供たちに対しても、父親になりきれただろうと思う。そしてこの屋敷町のただなかにあるイギリスふうの豪邸も、少しは居心地がいいことだろう。

顔も、風采も、言葉づかいも、自分とは較べようもない男だった。

「そうやって、ぼんやりと人混みをやりすごしてね。タバコを一服うまそうにつけて。こっちが食うかい、って言うまで、ずっとそうしていたよ」

尾形は湯気で曇ったメガネを店主に向けた。

「で、食ってったんですか」

「ああ。おじさん、スープ残すけど、すまんなあって。家にメシの仕度があるからって」

「おたがい婿養子ですからね。つまらんことに気をつかうんです」

「苦労なこったねえ。わしらにゃマネできねえ」

あの男も、もしかしたら自分と同じ気持でそうしていたのかもしれない、と尾形は思った。自分自身のために使う時間が、きっと何ひとつなかったのだろう。

一日が三時間か四時間にしか感じられないほど、やることはいくらでもあった。時間に押しまくられて、カルテを読みながら終電車を降り、ああこれからまた食事をして語り合って、子供に寝物語のひとつもするのだと思うと、駅頭に立った一瞬、足が止まるのだった。

「べつに苦労じゃないけど……スープ、残すが、すまんな」

尾形は勘定を払うと、重い足どりで雨の中を歩き出した。

「お帰りなさい。遅かったんですね」

マホガニーの扉を開けたとたん、妻はヒエッと叫んで目を被った。

雨に濡れそぼって歩いてきた夫の姿は悲惨であった。頭頂のハゲをむりやり被い隠している一九《いちく》分けがほどけ落ち、背広の肩にまで長く垂れ下がっていたのである。

多少なりとも貫禄のある男なら、せめて落武者にも見えようが、この夫の場合は古写真の獄門首としか言いようがなかった。

「どうか、しましたか？」

と、夫はうらめしげに訊いた。

「まったくあなたって人は……精彩を欠いているどころか、ブキミだわ。ああ天国のお父様が見たら、何とおっしゃることでしょう。嘆かわしい」

「そうですか？」

と、姿見を振り返って、己れのあまりのブキミさに驚愕する尾形であった。

「ともかくシャワーを浴びてらして。スーパーハードのスプレーは洗面台にありますからね。いい、ちゃんと決めてきて下さいよ。大介《だいすけ》、まだ起きてるんですから。正体を見せちゃダメですよ」

妻は市中引廻しのうえ鈴ケ森《すずがもり》に向かう役人のように、夫を風呂場へと引きたてて行った。精彩のない夫を風呂場に押しこめてから玄関に戻った妻は、上がりがまちに投げ出された書類カバンを見て、うんざりした。

何でこうなんだろう。無口で口ベタで、ノロマなのはまあ許すとして、万事にだらしがないのは、まったくたまらない。多少いいかげんでもテキパキしているとか、ノロくても正確だとか、人間はふつうそのどちらかなのだけれど、夫の場合は鈍重かつ不正確なのである。

ネクタイはいつも曲がっている。食事はグシャグシャと音を立てて食べる。おまけに経済感覚にうとくて、わずかばかりの給料もみなどこかへ消えてしまう。

べつにたかだかの給料など入れてもらわなくても困りはしないが、貯えは亡父と前夫がきわめつきのインサイド情報を駆使して残してくれたものなのだ。ＭＭＣ、期日指定定期、割引国債、抵当証券、マルク預金……時流に応じた財テクは、まさに現代の錬金術であった。常に冷静沈着、あのＮＴＴの株だって最高値《さいたかね》で売り逃げたのである。

今のうちにきちんとしつけておかねば、彼らに対して顔向けが出来ない——そう妻は考えていた。

たしかに、迅速正確を絵に描いたような、血液型でいうなら超A型の前夫には息のつまる思いであった。今の夫のフシギな茫洋さに魅《ひ》かれたのは、「完全な生活」の反動だったのかもしれない。

(でもやっぱり、魔がさしたんだわ……)

そう思わぬわけにはいかなかった。今となってはフシギな魅力も、ただブキミなだけであった。

何度しつけても決して直らぬズボンのファスナーと同じように、書類カバンはパックリと口を開けていた。雨に濡れた書類が黄ばんだブリーフのように溢れ出ていた。

「しようのない人。大事なカルテを濡らしちゃって」

妻はカルテの束を引き出して、滲《にじ》んだ滴を拭《ぬぐ》った。べつにそのつもりはなかったのだが、所見欄の乱暴な走り書きが目に止まった。

「何よ、これ……」

患者の名前はすべて外国人のものであった。何だか知りたくもない秘密を垣間みてしまったような気がして、妻はあわてて書類を収《しま》った。

「あのう……話って、何でしょうか」

スーパーハードスプレーでガッチリとハゲを防御した夫が、バスローブの前をはだけたままリビングに現われた。頭隠して尻隠さずとは、まさにこのことであった。

妻はげんなりとしながら、子供にそうするようにひざまずいて夫の尻を隠した。もしや頭が出ちゃったんじゃないかと思って見上げると、夫は視線を避けるように窓の外に目を向けていた。

「お付き合いとか、研究費とか、余分なお金がかかるのはわかりますけど、お給料はいったん私に預けていただけませんか？　これ、常識だと思うんですけど」

と、妻はまったく常識にかからない夫に向かって言った。

「え？……あ、わかってます。今月は必ず持ってきます」

「たしか先月もそうおっしゃってませんでした？　先々月も、その前も」

「そう……でしたかね」

「べつに困ってるわけじゃないんですよ。でも私、ヤクザの女や小説家の女房じゃないんですから、やっぱり世間並の常識として――」

再びぜんぜん説得力に欠ける「常識」という言葉を使って、妻は口をつぐんだ。夫は夜の庭を見やりながらけんめいに何かを考えている。嘘をつこうとしているのだとわかったとき、妻はそれ以上、夫を責める気力を失った。

嘘がバレるどころか、嘘を考えている表情までバレる、そういう人なのだ。

「お帰りなさい、パパ」

大介が小さな足の倍もありそうなスリッパをペタペタと鳴らしてやってきて、夫の知れきった嘘を奪った。妻はホッとした。

「やあ大介君。まだ起きてたんですか。小学生になったんだから、もう少し早く寝なければいけませんねえ」

「だってパパ、遅いんだもの」

大介は聡明《そうめい》な、美しい顔をもたげてそう言った。

なさぬ仲の子供ではあるが、尾形はこの妙に大人びた少年を愛していた。大介はまるで神の子のように明晰《めいせき》で、素直で、美しい。

尾形が自分の子を欲しがらぬ理由は、大介に対する愛情ももちろんだが、賢兄愚弟の標本を並べたくない気持が大きかった。言うまでもなくそれは、前夫と自分とのデキの違いでもある。

「おかあさんも、文句ばかり言っちゃダメだよ。パパはお仕事で疲れてるんだから」

大介は言いながら、父の指を握ってリビングから連れ出した。

こういう大介の優しさが尾形にはこたえる。本来他人である夫婦の間を、何とか取りもとうと、いつも気を配っているのだ。世間知らずの母親よりよっぽど大人の、そうした気配りに救われるたびに、尾形はこの少年の父親の人となりについて、考えこまねばならなかった。考えれば考えるほど、尾形は萎《な》えちぢむのである。

二階の書斎に尾形を連れこむと、大介は飴色《あめいろ》のロッキングチェアにちょこんと座って、父子の毎日の習慣である「ひとつのお話」をせがむ。

尾形がこの家にやってきた最初の晩、大介は新しい父にそれを約束させたのだった。

(前のお父さんのことを言うのはたいへん失礼だから、ぼく二度とは言わないけれど、約束して欲しいことがあるの。お父さんは毎晩ひとつだけ、お話をしてくれた。昔の偉い人の話。それはとてもためになるお話だったから、続けて欲しいんだ。話す人が代わってもいっこうに困らないけど、それだけは続けてもらわないとね。これ、ぼくらの秘密だよ、パパ)

大介が必ず尾形の帰宅を待って床につこうとしないのは、その習慣のためである。決められた習慣を決してなおざりにしない子供だった。

「しかしパパの話は、お父さんの話ほどためにならんでしょう」

話を始める前に、つい口に出して尾形は後悔した。

大介は小さな溜息をつき、ロッキングチェアを揺すりながら人差指を唇に当てた。

「そんな言い方は良くないよ、パパ。ぼくはお父さんの話してくれたリンカーンやナポレオンの話より、パパの教えてくれたガンジーや二宮尊徳《にのみやそんとく》の方が興味があるんだ。ぼくの頭じゃ、とてもリンカーンになれはしないからね」

さあ、と大介は尾形を促した。

近ごろではだしものに不自由している。一般教養が決定的に不足しているうえに、おそろしく記憶力の良いこの聞き手は、決して同じ話を受け付けないのである。

尾形の方がかつて話したことを忘れて、同じ話を口にすると、大介は「それは二度め」と言って、早口で話の先を再現してしまうのだった。

それは話した本人がビックリするほど正確で、尾形があいまいに繕《つくろ》った部分まで速記録のように記憶しているのである。決していいかげんなことは言えない。

その晩、尾形は思いつくままに、種痘《しゆとう》を発見したジェンナーの話をした。天然痘の抗体をまずわが子に植え付けたという、あの偉大な医学者の話である。

興味深げに短い話を聞き終えてから、大介はいつも通りに感想を述べた。

「その人が偉人と言えるかどうか、ぼくには良くわからないな」

「人類のためにわが子を犠牲にしたんですよ。偉いじゃないですか」

「そうかなあ――本当に偉い人は、わが子のために人類を犠牲にする人じゃないかと思うけど、違う？　パパ」

この少年の怜悧《れいり》なまなざしを見返すことが、近ごろでは難しい。記憶力にすぐれているばかりではなく、その分析力の鋭さと思考力の深さはただものではない。へたに言いくるめようとすれば議論になりそうな気がして、尾形は言葉を呑んだ。

「あくまでも主観だよ、パパ。つまり、ぼくはお父さんよりもパパの方が好きってこと。ジェンナーがぼくの父親だったら、たぶん軽蔑するな――ありがとうございました。おやすみなさい、パパ」

大介はそれだけはふつうの子供と変わらぬ無垢《むく》の笑顔を見せて、書斎から出て行った。

尾形はしばらくの間、少年の言葉について考えこまねばならなかった。しかし、いつもそうなのだが、凡庸《ぼんよう》な機能しか持たぬ彼の頭脳が、大介の心理を解析することは不可能なのである。

自分のことを実の父より好きだと言った言葉だけを素直に受けとめて、尾形はほくそ笑んだ。

あらためて書斎を見渡す。良く使いこまれた、知的な黴《かび》の匂いのする書斎には、前夫の置き忘れた書物がぎっしりと詰まっていた。自分が持ちこんだたかだかの医学書など、ま

った く物の数ではない。

それらに取り囲まれたとき、尾形は自分の無能さと卑小さを思い知らされずにはおられなかった。しゃれではないが、「圧巻」という言葉が文字通り彼を圧し潰そうとするのだった。

ふと、ドイツ語の背表紙が目に止まって、尾形は分厚い一冊の本を手に取った。「戦争論《フォン・クリーグ》」――プロイセンの偉大な戦略家、クラウゼヴィッツの著した難解な兵法書である。ページを開くと、原文のいたるところに赤い傍線が引かれていた。冒頭のドイツ語をつっかえながら口ずさんで、尾形は溜息とともに表紙を閉じた。

「かなわんよなあ……」

一日の疲れがふいにのしかかってきて、尾形はロッキングチェアに座りこんだとたん、深い眠りに落ちた。

忘れかけた物語

広橋秀彦が別れた妻からの電話を受けたのは、パソコン通信にもようやく飽きた、雨上がりの朝のことである。

相談があるからぜひ会いたいと、妻は言った。

ほんのわずかでも用事があればにべもなく断わるところなのだが、あいにく朝食を終え、コーヒーのおかわりもし、朝刊を読みながらクソをしたあとであった。

待ち合わせの場所には苦慮した。広橋の顔はテレビや週刊誌でけっこう売れていたので、新宿駅の改札はいささか不用意に思えた。アルタの前は若者ばかりで気がひけるし、西口の交番前は全共闘時代の悪い思い出が多すぎた。というわけで、思いつくままに歌舞伎町のただなかにある喫茶店を待ち合わせの場所に選んだのだった。

しかし歌舞伎町に足を踏み入れたとたん、それが最悪の選択であったことを広橋は知った。かつては庶民の気のおけぬ歓楽街であった歌舞伎町は、おどろおどろしい魑魅魍魎《ちみもうりょう》の地獄に変貌していたのである。

辻々には真昼間から外国人娼婦が立っており、フェリーニの映画から抜け出たような世紀末のオカマが闊歩《かっぽ》しており、喫茶店の中は一転して東映映画の世界であった。しかも驚くべきことには、それらの奇怪な風物がまったく日常的に、何らの背徳感もなく、至極当然という感じで街にハマっているのであった。

広橋がすっかりネズミのようになって喫茶店の隅の席に座っていると、ガラス越しの街路をモルモットが走ってきた。良く見ると別れた妻であった。

「な、何でしょう、この街は。日本よね、たしか」

妻は怯えきっていた。東京がいまだにハイソな文化都市だと信じているタカビーな妻からすれば、歌舞伎町はかつての九龍《クーロン》と同じであった。

「お久しぶり」

「こんにちは」

おしきせの挨拶をしたなり、ふたりはNG場面のように押し黙った。たいへん気まずい関係にあるふたりにとって、この際まず子供の話をするのが正しい社交辞令には違いなかったが、そんな平和な話題を持ち出そうものなら、周囲のもっと気まずい関係のボックスから拳銃を撃ちこまれそうな気がした。

で、仕方なく妻は、単刀直入にブスリと本題を突いた。

「こんなこと、今さらあなたに言えることじゃないんですけど……他に相談できる人がいないから」

広橋は黙っていた。何だか女が服を脱ぐのをぼんやりと待っているような、ふがいない気持だった。

「あの人、変なの……」

変なのはわかっていた。ハゲ、デブ、メガネの三重苦にあえぐ、うだつの上がらぬ中年医師。口ベタで鈍重で、日光浴をしていればトドと間違えそうな男の顔を、広橋は苦々しく思い出した。

妻は、夫が家に金を入れないこと、毎晩おそく、異常なほど疲れ果てて帰ってくることなどを、微に入り細を穿《うが》ち語った。けっこう思いつめているようであり、顔色の沈鬱《ちんうつ》さは周囲のボックスでベソをかいている女たちに決してヒケをとらなかった。

「女でもできたのか」

広橋は意地悪く言った。しかし、一瞬まったく同時にメスのトドを思い浮かべてしまったふたりは、ハッと気を取り直した。

「それは、ないと思うけど……」

「いや、冗談だ。すまん」

いまわしい光景を打ち払いながら、妻はハンドバッグの中から何枚ものコピーを取り出した。

「こんなものを、いっぱい持ってたの。持ち歩いているんだから、病院のものじゃないわ」

広橋は書類に目を通した。

「わかります？　ドイツ語らしいんですけど」

「カルテだな。それにしてもひどい字だ。ヘタクソなうえにスペルもめちゃくちゃで……これは肝臓病の外人らしい」

「へえ？　外人……何て書いてあるんですか」

「本国に二歳の女の子がいる、って。母子感染のおそれがあるそうだ」

「ふうん。子供を置いてこっちにきている人かしら。お気の毒ね」

妻はガラス越しに街路を見やった。

「神よ救いたまえ、って書いてある」

妻の端正な横顔が曇った。

「あの人……洗礼も受けていないし、日曜に教会へも行かないんだけど……」

広橋はひととおりを読み終えると、確信を妻に告げた。

「彼はおそらく、病院以外の場所でこういう人たちばかりを診察しているんじゃないか。数も多すぎるし、所見がちょっと感情的だ。彼だけのカルテだよ、これは」

「そんな……それじゃまるで、赤ヒゲじゃないの。あの人が、まっさかあ！」

妻の全面否定には理由があった。成城《せいじよう》学園の隣り組である三船敏郎《みふねとしろう》の精悍《せいかん》な赤ヒゲが、トドの顔とダブったのである。まさに、まさかであった。

広橋はぐるりと不穏な店内を見渡した。

「力になれるかどうかわからんが、一応、調べてみよう。裏街の情報に明るい友人を知っているから」


　ピスケンはとつぜん忙しくなった。

　もちろん広橋の頼みごとが原因ではない。忙しくなった彼にとって、そんなことはどうでも良かった。

　どのくらい忙しいかというと、ほとんど「一刻の猶予も許さない」ほどであった。カネさえ入れば、たちまちあわただしく消費に走るのは、彼の不幸な癖なのである。

　ピスケンにとっては、消費そのものが美徳であり、早い話が用途なんて何でも良いのであった。無駄づかいに義務感を覚えるこの男こそ、内需振興の鑑《かがみ》というべきで、その点、総理大臣賞ものの浪費家であった。

　まず、あいまいな宗教団体からからめ取った一千万円の札束を胴巻にねじこむと、ピスケンは迷わず大井に走った。しかし、たまさか博才のある彼は、ついつい一千万円を三千万円にしてしまった。ツイているのかツイていないのか複雑な気分で吉原《よしわら》へと走った。行きつけの店を借り切って狼藉《ろうぜき》の限りを尽くしたが、不況下の女どもはたまげるばかりで、わずか三百万円の消費に成功しただけであった。しかも、不惑の身にはズシリとこたえた。

たいへん節操《せっそう》のない表現だが、カルピスがカルピスウォーターになり、やがて空気のまじったカルピスソーダになったころ、ピスケンはほうほうのていで夜の歌舞伎町に姿を現わした。

肉体の限界を感じたので、この際かつて見知った友人たちにしこたまごちそうしてやろうと考えたのである。

それならばカネが増えることもないし、体が干からびることもない。順序を間違えた、と札束の重みにジリジリと焦りながらピスケンは考えた。

一種の恐慌状態であった。

しかし残念なことに、歌舞伎町の町なかに見知った顔などひとりもいなかった。きょうび十三年あまりもヤクザを続けているオシャレはいなかったのである。

事務所はどこも代替わりをしており、そのうえひどく忙しそうで、名乗りを上げてもイヤな顔をされるだけだった。ピスケンと聞いて厚遇してくれた事務所が一軒だけあったが、そこは天政連合会から間借りをしている信心ぶかい台湾マフィアだった。仁義の切り方が良くわからないので、早々に引き上げた。

思いあぐねた末、よもやと思って愛するマリアに電話をした。

月のうち二十九回は夜勤をこなす、この救急センターの看護婦長は、おそらく指名手配されても捕まるまいと思われるほど忙しかった。

しかし、留守電に吹きこむための歯の浮くような愛のメッセージを用意していたピスケンの耳に突然飛びこんできたのは、懐かしいマリアの肉声であった。ピスケンは狂喜した。話す前に涙がこぼれた。

「どうしたの、ケンちゃん。何かあったの？」

「……何もねえ。いや、大ありだ。おめえと会えるんだから」

「ゆんべ担ぎこまれた患者が、枕を並べてステッちゃってさあ。まったくきょうびの医者ときたら、どいつもこいつもヤブよ。腕は悪いわ、胆はすわらんわで、オロオロしてるうちに全員死亡。だもんで、落ちこんじゃって、今日一日ファームよ」

「うう……おめえは偉えヤツだなあ。アパートがファームか。よっし、これから出てこい。くたばった病人の分まで飲もうじゃねえか。カネならいくらだってあるぜ」

「わあっ、うれしい。よおし、そうとなれば飲むぞお、一億円ぐらい飲んでやる。覚悟してよ、ケンちゃん」

「い、いちおく！　それはまずい。二千七百万円までならいいけど」

「二千七百万？　ずいぶんハンパね。三百万円はどうしたの？」

「えっ、いや……それから、今日は飲むだけな。飲んで騒ぐだけな」

「何よ。女を誘っといて、勝手にルールを決めないでよ。まっ、ともかく行くわ。よおし飲むぞお、急性アルコール中毒で救急車呼んでやる！」

ものの二十分とたたぬうちに、マリアのバイクは歌舞伎町の雑踏に滑りこんできた。

その晩、二人は久々に酔った。歌舞伎町の高級クラブなどたかが知れているので、わざわざ怪しげなボッタクリバーを選んで回ったが、その勘定ですらたかが知れていた。中には客の正体を看破ってすっかりビビり、押しつける札束を受け取らぬどころか逆にミカジメ料を献上するあさはかな店もあった。

それでもともかく二人は酔った。ピスケンは千鳥足となり、マリアは鼻がつまった。

「ウイ。あどいぐら？　いぐら飲めばいいの」

「ゲップ。待てよ、いま数えるからな——ええと、一個、二個、三個……二十一、二十二、二十三……あと二千六百万」

「ぶっへえ！　まだ百万じが使ってない！　けっごうしんどいばねえ」

高給取りにも拘《かかわ》らず、カネの使い途といえば深夜のコンビニしか知らぬ気の毒な女であった。

不屈の闘志で、二人はさらなる怪しげな店を探して盛り場をさまよった。ふと、街角に佇む女たちの物欲しげな視線に気付いて、マリアは言った。

「そうだ。ケンぢゃん、遊んでぎなよ。あの子たぢならチップをはずんでも気味悪がらないし。私に遠慮しなくていいのよ」

「べつに遠慮してるわけじゃねえけど、今日はちょっと体調が……」

げんなりと女たちを見るピスケンの表情を、自分に義理だてする律儀者のそれだと誤解したマリアは、たまらずに路上で男の唇を奪った。

「オエッ、待て、そういう意味じゃねえ」

「いいの、ありがどうケンぢゃん。ざ、ホデル行ごう、ホデル」

と、マリアがいやがるピスケンをズルズルと引きずって歩き出した、そのときである。

街路樹にもたれてぼんやりとふたりを見つめていた人影が、ふいにうずくまって悶え始めた。

マリアはとっさに真顔になり、鼻がスッと通り、ピスケンを突き放して、路上であえぐ若い女を抱き起こした。

「どうしたの、おなか痛い？　救急車呼ぼうか」

女は脂汗をたたえた浅黒い顔を苦しげにもたげた。

「ノー救急車ダメ。大丈夫、イツモノ病院ニ行クカラ」

「ちっとも大丈夫じゃないわ。いつもの病院てどこ？　近いの？」

女は息を荒らげながら、街路の果てを指さした。

「やめとけよ、マリア。そんなものにかかずり合ってちゃ、せっかくのデートが台無しだ。どうせカネがねえんだろ。おい、これやっから、安心して救急車呼べ」

差し出した札束をはたき落として、マリアはいきなりピスケンの頰を殴りつけた。

「バカッ、命が金で買えると思ってるの！　この子がいまどんな気持でいるか考えなさい」

「イテッ、何だよおめえ。そんなのわかるわけねえだろう。他人の痛みなんて」

「他人の痛みのわからないやつは嫌い。大ッ嫌い。いい、人間の命はお金でどうこうできるほど安かないのよ。ほら、背中出して——そうじゃない。イレズミ出すんじゃなくて、この子をおぶって」

「わかったよ。まったく、急に正気に戻りやがって——ハイハイ、どっちだ、そのかかりつけの医者ってのは」

ピスケンはすっかりマリアの剣幕に気圧《けお》されて、呻《うめ》き続ける女を背負った。

力なく指さす女の示すままに、迷路のような裏街の路地をいくども折れ、マリアがたどりついたのは傾きかけた古家の門口であった。

丸いくもりガラスの軒灯が、路地のはるか先からまるで夜の波止場に灯るポールライトのように見えたのは、どうしたことだろう。その家は暗く湿った夜の中に、ふしぎな安息を灯していた。

「ごめん下さい」

声をひそめて、マリアはたてつけの悪い引戸を開けた。

消毒液の匂いが鼻をつき、薄暗い廊下の先から細い呻き声と祈りの言葉が聞こえてきた。とりちらかった家の中に、例えば深夜の集中治療室《I・C・U》にあるようなのっぴきならない静謐《せいひつ》さが漂っているのを、マリアは肌で感じた。

「あの、急患なんですけど。ここへ連れて行ってくれって――」

マリアが口ごもったのは、自分がいまだに知ることのなかった医療の形に、少しばかり怖気《おじけ》づいたからである。知らないものは何もないと自負しているマリアだった。

「お入んなさい、どうぞ」

家の奥から、間伸びした低い声が聞こえた。

「おい、何だよこれ。やっぱ救急車呼んだ方が良かねえか。救《たす》かるものも救からねえぞ」

ピスケンは病人をゆすり上げながら不安げに呟いた。

「あんたは黙ってて。いい、口を利いちゃダメよ」

「あ、その目は何だ。ははあ、さてはおめえ興味本位だな。なんてヤツだ」

「うるさいわね。救急隊員が口をはさむんじゃない」

暗い廊下をたどって診察室に入る。六畳二間をそれらしく改造しただけの、乱雑な部屋であった。

薄汚れた白衣の背が机に向かっている。ライトに隈取《くまど》られたそのうしろ姿をひとめ見たとき、マリアは人間ではない何かに出会ったような、ふしぎな感動を覚えた。

くるりと椅子を回すと、中年の医師は黙って診察台を指さした。白衣は垢《あか》じみており、疲れた顔には不精ヒゲが生えている。ふけだらけの薄い髪は妙な形に歪んでいた。

「リリイか……安静にしてろって言ったのになあ」

精彩のない声で医師は呟いた。診察台のうえに下ろされた女は、ぐったりと生気を失っていた。

「おなかが、痛いんですって……」

医師の表情を窺いながら、マリアは唇だけで言った。

「ふうん」、と医師はほんの一瞬、病人の脈に触れ、手品のように腹部をさらりとさわったきり、診察室から出て行ってしまった。

マリアはとまどいながら患者を横向きにさせると、うつぶせにならぬよう左の手足を曲げ、顎を上げさせた。この体位なら舌が気道を閉塞《へいそく》したり、吐瀉物《としゃぶつ》が喉に詰まったりしない。

　やがて注射器や輸液バッグをごっそりと抱えて戻ってきた医師は、ふしぎそうにマリアを見た。

「おや、あなた、ナースですか」

「はい」、とマリアは小さく答えた。

「聞いて愕《おどろ》くなよ、先生。どんな名医だって一目置く、救命救急センターの名物看護婦『血まみれのマリア』って言ったら、何を隠そうこいつのこった。知ってんだろ、あ？」

　横あいからピスケンが口をはさんだ。

「知らんね」

　ピスケンはガックリとうなだれた。

「おめえのこと知らないって。やっぱりモグリだよ、この医者」

「うるさいわね、いちいち。廊下に出てなさい」

　はい、とピスケンは診察室から出て行った。

　医師は相変わらず緩慢《かんまん》な動作で手を洗い、手術用のゴム手袋を嵌めた。

「何なさるんですか？」

触診もろくにせず、いきなり術者用の手袋を嵌める医師を、マリアは訝しんだ。

「腹水を引きます」

「えっ、ここで？——穿刺《せんし》するんですか？」

「手を貸して下さい。脱がせて」

手袋を胸の高さにかかげて、医師は言った。マリアは診察室を見渡した。腹水除去という大がかりな治療に必要な器具といえるものは、何ひとつなかった。

「検査は？」

「そんなものはいらない。患者のことは僕が一番良く知っています」

医師はカエルのように張った患者の腹に消毒液《イソジン》を塗りたくった。

「でも、腸閉塞があったら危険ですよ。もし腸を穿刺したら……」

「ベテランのようですね、あなた。でも、それはありません」

大学の救急センターでは、こうしたマリアの意見に耳を貸さないドクターはひとりもいなかった。もし万が一、腸閉塞などで腸管の拡張があった場合、腹腔穿刺は禁忌《きんき》である。腸管を傷つければ穿孔性腹膜炎を起こして、命取りにもなりかねないからだ。

これが救急センターであったら、まず超音波《エコー》で腹部の断層像をとり、妊娠や腸閉塞や、その他の異常を確認するのが当然の手順である。それともこの医師はほんの一瞬の手品のような触診で、腹腔内の状態を探り当てたとでもいうのだろうか。

医師は皮膚の消毒を終えると、何のためらいもなく麻酔注射を臍《へそ》の真下に打ちこんだ。

「あっ」、とマリアは声を上げた。位置の確認もせずにいきなり打ったように見えたからである。あわてて麻酔剤を手に取った。一パーセントキシロカイン。量と薬剤とに間違いはない。

「大丈夫ですよ。心配しなくても」

皮膚、筋層、腹膜と注射針を無造作な感じに押し進めながら、医師は呟いた。

「ダメよ先生、リンゲル、リンゲル静注《じょうちゅう》しなきゃ」

「点滴はいらないでしょう」

「いらないって……そんな」

「リンゲル、切らしてるんです。このあと洗浄にも使わなきゃならないから」

「切らしてるですって！　何ですか、それは」

「ごらんの通り貧乏ですからね。大丈夫、ここの患者は根性があります。麻酔があったのは幸いでしたね」

「やめましょう、無理よ。できっこないわ」

医師はマスクをかけ、マリアをじっと見つめた。何という悲しい目だろうとマリアは思った。

「無理だと思ったら何ひとつできやしません。そんなことはあなたが一番良くご存知なんじゃないですか」

「だって、何もないんだもの。これじゃ救《たす》かるものだって……」

マリアの脳裏に、昨夜のセンターの惨状が思い浮かんだ。三人の救急患者が優秀な医師団と最先端の医療機器と、万全の薬品の準備にも拘らず次々と死んでいった。

「人間を救えるのは、人間だけですよ」

医師のぽつんと呟いた言葉に、マリアは押し黙った。

それは、かつてマリアの見たどんな名医よりもあざやかな治療だった。テフロン針を器用にあやつって腹水を吸引し、さらに臍《へそ》の下を五センチほど切開する。メスの先には何のとまどいもないうえ、出血もほとんどなかった。マリアはくらくらと目まいを感じた。

チューブを差し入れ、腹腔内の洗浄が始まった。手を貸すまでもなく見守るマリアには、長いはずの時間がひどく短く感じられた。

なすすべもなく自分をベッドの脇に立ちすくませた医師は、彼が初めてであることにマリアは気付いた。

「これでいい――リリイ、わかるか。今おなかの中を洗ってるからな。今度こそしばらく入院しなくちゃだめだぞ」

女はうっすらと目を開いた。

「センセ、アタシ、死ヌカ？」

「死にはしない。僕がついている。君がもういいと言うまで、僕は絶対に君を殺さない」

マリアは立ったまま泣いた。

死。殺す。絶対に。――医療の現場では禁忌であるはずのそうした言葉を、医師が力強く並べつらねたとき、マリアは自分や自分の知る限りの医師たちの卑小さと凡庸さを、心から恥じた。

医師は輸液バッグを確かめると、何ごともなかったように椅子に戻り、タバコを一服つけた。

「肝炎を放っておくから、みんなこうなるんです」

患者の安らかな表情から目を離して、マリアは信じ難いものを見るように医師を見つめた。

「あの、ひとつお伺いしたいんですけど――ドクターはどちらの医局に？」

医師は少しはにかむように目をそらした。

「医局って、何だか懐かしい言葉ですね。ここが、ぼくの医局ですよ」

「あたし、感動しちゃいました。あんまりすばらしいんで……」

「すばらしい？　僕が、ですか。からかうのはやめて下さい。あなたの病院に行ったら、ただおろおろするばかりですよ。機械のこととか、新しい薬のこととか、ぜんぜんわからないから」

「そんなことないです」

と、マリアは涙を拭いながら言った。

「こんなすばらしいドクターにお会いしたのは初めてです。先生は世界一の名医です。あたし、ビックリしちゃって、どうしよう」

「まだ酔っ払ってらっしゃるんじゃないですか。ぼくはノロマでぶきっちょで、八年かかってやっと小児科の医師になったんですよ」

言いながら目を伏せる医師の表情に、謙遜しているふうはなかった。もしかしたらこの人は、本当に自分の力に気付いていないのかもしれないと、マリアは思った。そうだ——神とはそういうものかもしれない。

カーテンをおずおずと開けて、ピスケンが顔を出した。

「あの、先生。ひと眠りして思い出したんだけどよ。あんた、もしかして尾形っていうんじゃねえの？」

医師はキョトンと、脂じみたメガネをピスケンに向けた。

「そうですけど、何か？」

「やっぱりそうか。カカァが泣いてるんだって。お金をうちに入れてくんねえ、と。そうかよ、道楽してるんじゃねえんだ。ま、立場はわからんでもねえが、他人に施しをして女房を泣かせるのァ、うまかねえぞ」

ピスケンはそう言うと、コートや背広や胴巻のあちこちから札束を抜き出して、ワゴンのうえに積み上げた。

「わあ、重かった。二千六百万、これ使ってくれ」

「使ってくれって……みず知らずの方から……」

「いいや、みず知らずじゃねえんだ。俺のダチがあんたの女房の……いや、そんなことはどうでもいい。ともかくこれは浄財だ。使ってくれ」

ピスケンは三白眼をちょいと吊り上げて、マリアにウインクを送った。

今日は何てすてきな休日なのだろう、とマリアは思った。

飲んで、騒いで、神様も見て――おまけに男にも惚れ直しちゃったんだから。

気を取り直して、マリアは疲れ果てた当直医によくそうするように、にっこりと微笑みかけた。

「帰っていいわ、ドクター。あとは私にまかせて」

終電車を降りると、尾形清は札束のギッシリ詰まったカバンを胸に抱いて、おずおずとあたりを見回した。

何だか犯罪者のような気分だった。この事情を果たして妻に説明したものかどうか。深い詮索はせずに受け取ってしまったが、出どころをしゃべれば妻はきっと自分を軽蔑するに違いない。やっぱり黙っていようと、尾形は思った。ともかくこれで、薬代も生活費も、当分は大丈夫なのだ。

人混みをやりすごしながら、尾形はタバコを一本つけて気持を落ちつけた。

屋台のまわりでは帰りがてらの何人かの酔客がラーメンをすすっている。尾形は急に空腹を感じた。

と、ソフト帽を目深に冠った小柄な紳士が、両手にドンブリを持って近付いてきた。

「どうぞ」、とひとつを尾形に押しつけ、うまそうにラーメンを食べ始める。

「ここで待っていれば会えると思いました」

尾形は言葉を探しあぐねたまま、ラーメンを食い、スープを飲み干した。事情のまったくわからぬ尾形に、適切な言葉の思い浮かぶはずはなかった。

男はひとけのなくなった屋敷町を見渡して、ふと意外なことを言った。

「僕はね、あなたを尊敬しています」

そんな厭味を言うためにわざわざ自分を待っていたのだろうかと、尾形は邪推した。

男の視線から身をかわして、この男に会ったら、これだけは言っておこうと考えていた言葉を、尾形は素直に口にした。

「あなたにお礼を言わなくちゃなりません」

すると男は、意味がわからんというふうに目をしばたたいた。

「お礼って、僕は何もしてはいませんけど」

「あんな立派な家とやさしい家族を預けていただいて……」

男がうつむいたような気がして、尾形はその先の言葉を呑んだ。

「それじゃあ、これで」

と、カバンを抱いて歩き出す尾形を、男は呼び止めた。

「息子が——大介が何度も聞きたがる話があるんです。シュバイツァー博士の話。今晩はぜひ、それを話してやってもらえませんか。あなたの口から」

尾形は答えずに、逃げるように男から離れた。

大通りから暗い並木道へと折れ曲がると、不細工な影を押し倒して夜がのしかかってきた。

　ひどいガニ股で家の灯をめざしながら、尾形はけんめいに、忘れかけた密林の聖者の物語を思い出そうとした。

チェスト！　軍曹《ぐんそう》

帰　郷

柱も風もじっとりと湿ってはいるが、ともかく今日は好い天気だ。

たまげる車掌に直立不動の敬礼をしてローカル列車を見送ると、軍曹はいつになく穏やかな目で、南国の空をぐるりと見渡した。

夜行列車の窓を叩き続けていた雨は嘘のように上がって、初夏とも見紛う日差しが駅頭に広がる家々の甍《いらか》を輝かせている。

緩やかな起伏を持った高原の村であった。夜来の雨に濡れた石畳の小道が複雑に入り組み、そのくせふしぎなくらい整然と、立派な屋敷が並んでいる。かつて大河原党《おおかわらとう》と呼ばれた薩摩郷士《さつまごうし》の家々であった。

遠くは関ヶ原の合戦に敗れた島津義久《しまづよしひさ》公の殿軍《でんぐん》をつとめ、近くは西南《せいなん》の役《えき》における熊本攻めの先兵となった、勇猛無比の郎党の村である。

そのたたずまいは何ひとつ変わらない。

結局、たったひとりのクーデターを起こし、罪人として放逐された自分を裏切らぬものは、生まれ故郷のこの風と光ばかりなのだと思うと、軍曹のたくましい胸は柄に似合わぬ感傷でいっぱいになった。

ひとけのないホームを歩き出すと、その思いはいよいよ募《つの》った。一歩ごとに体がちぢんで行くような気がした。

突然と望郷の念にかられ、まるで脱藩でもするように夜行列車に飛び乗った。旅仕度も手みやげのひとつもありはしなかった。

戦い、敗れ、おめおめと生き恥を晒《さら》して帰ってきた自分には、村人の罵声《ばせい》と一族の譴責《けんせき》とが待ち受けていることだろう。それらを甘んじて受けてもなお故郷に帰りたいと、軍曹は思ったのだった。

昔ながらの木枠の改札に、三十年このかたハマったまんまの駅長兼駅員が立って、じっとただひとりの乗降客を見つめていた。

「おまん、イサオさあではなか！」

駅長は懐かしげに愕《おどろ》いた。軍曹はハッと姿勢を正し、官品のそれと良く似た作業帽の庇に手を添えて敬礼をした。

「チェスト、さしかぶい《おひさしぶり》でごわす。おいは恥も知らず帰って来もした。許してたもんせ」

そう言って帽子を取り、深々と頭を下げる軍曹の肩を、駅長はねぎらうように叩いた。

「何ちゅうこつすっとか。おはんはこの村の英雄でごわす。よう帰った、おとさもあにさもさぞ喜ばれるこっちゃろ」

　意外な言葉に、軍曹はとまどった。

「英雄じゃ、なぞと……」

「どげんしたとじゃ、鳩が豆鉄砲くらったような顔ばして。ははあ、おはん何ばしに帰ってきたとかっち、責めらるると思ってたとな。そげんこつなか、おはんはこの村の誇りじゃっち」

　慰めに違いないと、駅長の手を力なく握り返しながら軍曹は考えた。

　駅前の花壇には菜の花が咲き乱れていた。生家へと続く小川の土手には、東京ではまだ蕾《つぼみ》の堅い桜もほころび始めていた。

　この村では時間が止まっている。いや、時代という概念すらない。

　常ひごろは田畑を耕し、一朝ことあらば甲冑《かっちゅう》に身をかためて戦陣に立つ郷士の村であった。人里離れた山あいの盆地という地理的な事情のせいもあって、言葉も思想も風習も、ふしぎなくらい改まることがない。いやそれらは改まるどころか、形骸化され象徴化されて、むしろ退行しているフシもある。

　あふれる南国の春に目を細め、軍曹は指を折った。十年ぶりの帰郷であった。忙しい軍務に追われ自然と足の遠のいた故郷であった。と、いうのはマッカな嘘で、実はけっこうセコい性格なので、莫大な旅費を考えるにつけ、当然のごとくごぶさたしちまった故郷であった。

西鹿児島駅から電話をしたときの、受話器の向こうのブキミな沈黙が耳に残っていた。

十年ぶりの、しかもあの大事件の後の初めての里帰りである。今にして思えば上官を拉致監禁のうえ自動小銃を乱射した事件なんぞ、たいしたことではないような気もするが、当時はまだ雲仙《うんぜん》も噴火してはおらず、貴乃花《たかのはな》もたいして強くはなく、自民党の勢力は安定していた。当の本人には良くわからんが、事件が故郷の村を震撼《しんかん》させたことに疑いはない。自分が郷土の恥であるか誇りであるかはともかくとして、突然の帰郷が一族をあわてさせるであろうことにも疑いようはなかった。

はるかな丘のうえに建つ生家の甍《いらか》をながめながら、軍曹はいよいよちぢかまった。意を決して歩き出したとき、広場の片隅の桜の花影から、ふいに名を呼ばれた。

「あにさん……」

それはまるで、桜の蕾にひそんだ妖精の囁きとも聞き紛う、美しい声であった。

忠魂碑の陰から、カラのリヤカーを曳いて現われたのは、年の離れた妹である。

「あにさん、待ったもんせ」

うんこらさ、という感じでリヤカーを曳きながら、妹はくしゃくしゃの笑顔を兄に向けた。

「あれ、荷物ばなかっとでしょっか」

幼女のようにあどけない顔で、妹は訊ねた。

「なか。思い立ってきたけん、おまんにみやげのひとつもなか。許せ」

似ても似つかぬ兄妹であった。身長は兄の胸までしかなく、体重はおそらく腕一本分にも足るまい。顔は小造りで愛らしく、そして何よりも、控え目でいつも何かに怯えているように見える。要するに「存在感」という点で、決定的に似ても似つかぬ妹であった。

この村の女はおしなべてそのような体付きと性格を持っていた。いわゆる男尊女卑という、夢のような風習が脈々と生きているこの村では、ほとんど千年の結論としてそうなったのである。

西鹿児島の駅から突然の電話を入れたのは早朝であった。もしやと思って軍曹は訊ねた。

「おまん、ずっと待っとったか」

「うん。おとっさから迎えに行けち言われて、朝の七時から待っとった」

軍曹は駅舎の時計を振り返った。午後一時を回っている。

「ちょっ、しもた。六時間もそこで待っとったか」

「ううん、気にせんでくやれ。ぼうっとしちょるのが好きじゃし、なんの六時間ばかし、あにさんは十年も家に帰らんとお国のために働いてきなさったんじゃから」

「すまんの。桜島《さくらじま》ばながめて、城山《しろやま》ば登って、西郷先生に詣でとった」

嘘ではないが、本当はそのついでに飯を食ってパチンコをして、一発台連チャンフィーバーの余勢をかってソープで一発抜いてきたのであった。しかし、漫然と遊び呆けていたわけではない。その先に進むには、もういちど意を決する時間が必要だったのだ。

「すまんなあ……」

自らを省みてつくづくとそう呟いた。

「あにさん、どっこも変わっとらんね」

妹は嬉しそうに兄を仰ぎ見た。「おなごのこつ思いやる、やさしか人じゃ」

梶棒《かじぼう》を軋ませて、ふいに妹はリヤカーの荷台を軍曹に向けた。

「疲れた《だ》とでしょう。乗ったもんせ、あにさん」

「荷物は何もなか」

「じゃっどん、ユメがあにさんにしてあげられるこつは、何もなかですから。乗ったもんせ、お願いです」

「妹に曳かれて行くとじゃ、笑いもんになる」

「あにさんを歩かせたら、ユメが笑いもんになるとです」

お願いしますと、ユメは小さな頭をこくりと下げた。切実な感じのする顔であった。

「――そんじゃ遠慮なく。重かぞ」

軍曹が荷台に乗ると、ユメは梶棒にぶら下がるようにしてリヤカーの尻を持ち上げ、唸りながら曳き始めた。

どこも変わらぬ故郷の春が、ゆっくりと動き出した。

いくらも行かぬうちに、ユメの細いうなじには玉の汗が流れ、粗末な化繊のブラウスの背に下着があらわになった。思いがけぬ女の匂いが、あたりの花の香を被うように漂ってきた。

「おまん、良かおなごになったな。いくつになったとじゃ」

「二十四です」

「嫁には行かんとか」

ユメは答えるかわりに、チェスト、と気合を入れて車を曳いた。

「もらってくれる人がなかとです。ユメは器量が悪かとですから」

「おまんがブスなら、東京は化物屋敷じゃ。おいが他人じゃったら放っとかんぞ」

「そげんこつ……恥ずかしかこつ言わんで下さい」

小川に沿った道の花の下を曳かれながら、妹が花ならば都会の女どもはみな、乾いた造花だと軍曹は思った。

　大粒の砂利に轍《わだち》をとられて、ユメの細い腕は慄《ふる》えた。その尋常でない力のこめように、軍曹はふとあることに気付き、暗然とした。

「おまん——まさか、おいのことで嫁に行けんとじゃなかろうな」

　ユメの肩が一瞬、叩かれたようにすくんだのは気のせいだろうか。

「そげんこつなかとです。あにさんは村の英雄じゃけえ、義をばもって道を正さんとした西郷先生の生まれ変わりじゃち、みな言うてます」

「それはこん村で言うちょるこつじゃろ。おまん、鹿児島《かごんま》の役場に勤めちょるよか男がおるっち、いつだか手紙に書いとったじゃろが」

　話題を変えようとして見つからぬとまどいが、ユメのうしろ姿にありありと見受けられた。

「じゃっどん……先方は島津様の城下士のお家柄じゃけえ、郷士の者ンとは一緒にさせられんち言われたとですよ」

「そげなこつ、今どきあるわけなか」

「内緒の女もいたとですよ。ミス桜島とかいう——」

「ユメ、よ」、と兄は妹の言葉を遮った。

「おまん、おいに似て嘘がヘタじゃの。じゃっどん、もしそげんこつまことなら、あにさはこれからでもその男の所ば行って、ひねり殺してくれっぞ。それでも良かか」

「男とおなごのこつ、あにさんにはわからんとです。もうやめてたもんせ」

懸命にリヤカーを曳く汗みずくの背が、深い悲しみに洗われているような気がして、軍曹は口をつぐんだ。

「すまんの……おいはただ、かかさとおまんのこつだけが気になっとった。相も変わらず牛馬のごつこき使われちょる思うとなあ」

「今のはなし、家じゃ決して口にせんでたもんせ。愚痴ば言うちょるって、おとさんにぶたれますけ。ついでにかかさもぶたれますけ」

「まったく、しょうもない家じゃの。まるで時間が止まっちょる」

軍曹はふと、荷台に置かれたズックのカバンから、一冊の文庫本が覗いていることに気付いた。なにげなく手に取って見る。古い詩集であった。

「変わらんの。こげなもの読んで、まだおとさんに叱られとるんじゃろ」

「家じゃ読めんから、今もずっとあそこで読んどったとです。あにさんは叱らんとですか」

「おいは、ユメのそげんところが好きじゃ。おまえは子供のころから夢見る夢子で、ぼうっとしちょって、それが可愛かった」

「ユメって名前は、そげん名前じゃなかとですよ。あにさんのあとから十五年もしてできた子じゃけ、夢のようじゃち、おとさんが付けて下すったとです。つまり、みそっかす」

妹はころころと笑った。

堤を被いつくした花のあいまに、生家の瓦屋根が現われた。村全体が外敵の侵入を仮想して造られているこのあたりでは、石畳の道が迷路のように組み合わされ、目ざす家は思いのほか遠かった。

やがて朽ちかけた小橋を渡ると、茶畑に沿った緩い坂道である。生家はそれを登りつめた高台に、南を向いて建っていた。

「ユメ、もうよか。この先は無理じゃ」

轍とともに、ユメの華奢《きやしや》な体は軋んだ。

「何の、薩摩おごじょですけん。大好きなあにさにユメがしてあげられるちこつは、他になかとですから」

軍曹はそっと片足を伸ばして、坂道を蹴った。

郷士の家

そこは砦《とりで》のように粗い石垣を積み上げた中の、屋敷とも農家ともつかぬ体裁の家である。広い庭をめぐって漆喰《しっくい》の崩れかけた土蔵と厩《うまや》があり、屋敷門から振り返れば対《むか》いの峰の端《は》に桜島の噴煙が高々と望まれた。

チェストー、と甲高い撃剣の声が裏山に谺《こだま》している。

「太郎《たろう》どん、叔父上がお帰りになりもした。覚えちょろうが」

庭先で振り返った甥の太郎は見違えるほどたくましい男に成長していた。坊主刈の精悍《せいかん》な顔はあくまで浅黒く、木刀を握った裸体は軍曹もたじろぐほどに隆々《りゅうりゅう》としている。

「来年、中学ば卒業したら自衛隊の工科学校ば受験するとですよ。たくましかでしょう、すっかり大河原党の男になりもした」

と、若い叔母は目を細めて言った。太郎は木刀を背のうしろに隠すと、その場に片膝をついた。

「これは叔父上、さしかぶい《お久しぶり》でごわす。ささ、上がってたもんせ。父上もじじ様もお待ち兼ねです——おい、ユメ。なにをボンヤリしとっとじゃ。叔父上の足ば洗わんか」

軍曹とそっくりのセロのようなバリトンで太郎は叔母を叱りつけた。リヤカーからのそりと降りると、軍曹はひざまずく太郎の前に立った。

「太郎。おまん偉か男になったようじゃの」

「ははっ、恐悦至極《きょうえつしごく》」

「じゃっどん、たったひとりの叔母御をアゴであしらうとは、言語道断《ごんごどうだん》ぞ」

「は？……」

「わからんか。自衛隊は戦《ゆ》っさをすったためにあっとじゃ。戦っさは女子供を守るためにすっとじゃ。おなごをないがしろにして、何の軍人か」

意味がわからずに平伏したままでいるのは、幼いころからの習慣が身にしみてしまっているからであろうと、軍曹は考えた。

母屋《おもや》の端の勝手口から、老いた母が顔を覗かせた。目が合うと、丸い背をいっそう丸め、頭に被った手拭《てぬぐい》を取って深々とおじぎをするのである。

「かかさま……」

軍曹は太郎を張り倒して母に駆け寄った。母はめっきりと老い、ひとまわりも小さくなったように見えた。

「ご心配ばかけもした。生き恥ば晒してん、イサはかかさまにひとめお会いしとうて、帰ってきもした」

「そげなこつ……おまんさ、良くぞご無事で」

母はおどおどとあたりを見回し、軍曹の手を握って声を絞った。「よかか、イサ。かかはおまんさに、西郷《せご》どんのようになって欲しくはなかとよ。命ば救けてたもんせと、毎日それぱかり祈っておったとよ」

すがるようにわが子のたもとを振る母の力は強かった。老いた瞼にみるみる溢れる涙を、軍曹は頰に添えた指先で拭った。

「ばば！　何ば言いおっとか。叔父上は西郷先生の生まれ変わりぞ。おなごは引っこんじゃれ！」

太郎の声に軍曹は怖ろしげな顔をちらと向けると、母の手から火吹き竹を奪って振り返った。

「太郎。おまん、どれほどの男になっちょるか、ひとつおいが相手しちゃろう」

「え！　叔父上が」

「不足か？」

「いや、滅相《めっそう》もなかとです。じゃっどん、まさかそれじゃ……」

木刀の丈の半分にも足らぬ火吹き竹を、軍曹は甥の目の前に突き出した。

「これで十分じゃろう。おいを打ち据えられたら、あっぱれ薩摩武士とほめちゃる。遠慮せんで良かぞ」

太郎は目を据えて立ち上がると、示現流《じげんりゅう》の長い木刀を八双《はっそう》に構えた。

「おいは男ですけえ、たとい叔父御でん勝負とあらば容赦せんですよ」

「容赦？――そげなこつ、おいを斬り倒してから言え。さ、どっからでもきちゃれ」

「んなら、行きもっす」

太郎は軍曹をきっかりと見据えたまま、じりじりと時計の針のように足を摺り始めた。しかしひとめぐり回っても打ちかかる気配はない。叔父の巨体は、短い火吹き竹の向こうにすっぽりと隠れているのであった。

太郎は焦った。打ちこもうにも、相手の面も胴も見えぬのである。

「チェスト、太郎。もう間合いに入っちょろうが。そこから飛びこめば、おいは打ち返せんぞ」

いや、打ち返されると太郎は思った。ジリッと叔父が出ると、かえって火吹き竹の短い間合いを怖れて太郎は後ずさった。甲高い気合ばかりが乾いた庭に響いた。

「示現流の太刀はの、己れが斬られても良かぞ。肉ば斬らして、相手の骨ば断つとじゃ。そんならできようが」

納戸の戸口までじりじりと詰め寄られて、太郎はようやく、「チェストッ！」と打ちかかった。

しかし、その切先は叔父の皮にすら触れることはできなかった。木刀は空を切り、小手を弾かれて倒れた太郎の眉間に、火吹き竹がピタリと突きつけられた。

「うわっ、ま、まいりもしたっ！」

顎の先の二つに割れた怖ろしげな顔を寄せると、軍曹はひれ伏す太郎の坊主頭をゴツゴツと叩いた。

「まだケツが青かのう。お国の役には立ちもはんぞ。つまりじゃ、軍人として役に立たんおまんさは、おなご以下じゃ」

「へ、へへえっ、ごもっともで……」

「おなご以下の者ンが、ばばのユメのと呼び捨てちゅるは下剋上《げこくじょう》じゃ。言葉には気をつけい、良いな」

「ハハッ」

と、軍曹のセロのようなバリトンにすっかり怖れ入った太郎が地べたに額をこすりつけたそのとき、縁側の襖《ふすま》をバサッと開けて、コントラバスのような声が轟いた。

「ガッハッハッ！　さすがよのう。よう帰った。イサ、よう帰ったぞ」

「あっ、兄上！」

軍曹の巨体は一瞬にして三割がた萎《な》えちぢんだ。

信じ難いことだが、縁側にのっしと立った兄の身丈は軍曹のそれよりさらに高く、胸はさらに厚く、顔だってさらにデカかった。しかも顎の先は三つに割れ、眉は特太ゴシック体の正確な「へ」であった。

軍曹はたちまち太郎と頭を並べて平伏した。

「ぐわっ、はっはっ。とうに腹ばかっさばいてくたばったと思うちょったが、こうして生きて相まみえんとはの。いや、まずはめでたい、めでたい」

「ハハアッ、実は自決を企てたのですが、弾が頭の皮を一周しちゃりまして……」

軍曹は顔を上げて、額の古傷を指さした。兄はコントラバスの声で朗々と言った。

「言いわけは見苦しか。じゃが、兄としては素直に喜ぶべきじゃろう。上がれ。おい、ユメ、なにボサッとしちょるか。はようイサの足ば洗わんか。ババ、水持ってこ。まったく役立たずの女どもめ」

「役立たず……兄上、そげんこつ、おいの今まで言っちょるこつが水のアワになりもっす」

「何のこっちゃい。おなごは不浄者ンの役立たずと昔から決まっちょろうが」

「え、いや。ハハハ、相変わらずですな兄上。そーですか、おなごは役立たずですか」

「当たりまえだ。わが大河原党では、おなごはメシも別、フロも別、カワヤも別じゃ。女は参政権も持たんのだ」

「げっ、何ですか、それは」

「何でって、選挙をする資格がなかとじゃ」

「そ、そげん勝手な……」

「何ば言うちょっか。わが家が勝手なのではない。国が勝手に決めたのだ」

ミもフタもなかった。運ばれてきた水桶に足をひたし、右足を母に、左足を妹に洗わせながら軍曹は小声で詫びた。

「かかさま、申しわけなかとです。ユメ、左足は水虫じゃけえ、なるたけさわるな。洗ったフリでよか」

「あにさん、私ら男衆の足ば洗うの慣れとりますけん、気にせんでたもんせ」

「そうではない。こすられるとたまらんのだ。アッ、アッ、たまらん、うずく」

身悶《みもだ》える弟を頼もしげに見下ろしながら、兄は言った。

「どうじゃ、イサ。東京のおなごは男ば尻に敷きくさって、こげなこつせんとじゃろう。気持良かか」

「き、気持良か。身ぶるいばするごつ」

「おっ、鳥肌が立っちょる。さてもよっぽど気持良かのう。おい、ユメ。タワシじゃ、タワシで洗うてやれ」

「あい、あにさ」

素直な妹であった。軍曹は妹の愛に打ち慄え、総身の毛を逆立てて気持良がった。

と、そのとき、縁側の襖の奥の居間の襖がバババアンと開かれた。

「あっ、父上！」

兄はとっさにコントラバスの弦の切れたような声を残して廊下にひれ伏した。絣《かすり》のひとえに兵児帯《へこおび》を締めた父が、鴨居をくぐるようにのそりと現われた。

まことに信じ難いことだが、父の身丈は兄のそれよりさらに高く、胸はさらに厚く、顔だってもっとデカかった。顎の先は四つに割れ、眉は豪快な勘亭流《かんていりゅう》の「へ」であった。

「おおっ、イサ。よう帰った、ようやったぞ。おまんは郎党の誇りじゃ！」

パイプオルガンのような声であった。しかも、バッハの「トッカータとフーガ」に似た、激しく煽情的な響きであった。軍曹はすっかりちぢかまって、打って変わったヴァイオリンのような声で答えた。

「うははあっ、お父上におかれましてはご機嫌うるわしう、ご同慶の至りにございまする」

「うむ」、と父は七十の齢《よわい》など誰も信じぬマッチョな体をギシと軋ませて、縁側に進み出た。まさに支那事変以来の歴戦の下士官の貫禄であった。

「ふふふ……相変わらずキャシャな男じゃのう。そげんおなごのごつ体で、よくもまああげな大それたこつできたもんじゃ」

「お言葉ではござりまするが、父上」

と、兄が廊下に拳を突いたまま言った。

「かねがね聞き及ぶところでん、東京者ンはみな子供のごつ弱かとですが、衆をたのまずたったひとりで大事をなしたるは、まさに薩摩隼人《さつまはやと》の面目躍如《めんぼくやくじょ》、こげなひよわな体でようやったと、イサばほめてやってたもんせ」

たしかに東京ではシュワルツェネッガーに匹敵する軍曹であったが、この村に帰れば病弱なアル・パチーノでしかなかった。

中央政府の指導などてんでおかまいなしに、西郷隆盛《たかもり》の主宰した私学校のカリキュラムをいまだに採用しているこの村では、そのスパルタ式教育の結果、成人男子はすべて超人なのであった。

青少年は毎日一升の飯と、山のような黒ブタの肉を食うことを義務づけられ、しかもそれらのもたらす莫大なカロリーを何が何でも一日のうちに消費しなければならなかった。

「とにもかくにも凱旋《がいせん》じゃ。腹もへっちょるじゃろ。上がれ、祝盃を上げようぞ」

実はつい今しがた、天文館《てんもんかん》名物「ざぼんラーメン」の特盛を三杯もたいらげてきた軍曹であった。それらはいまだ胃袋の中で、どしんと未消化のままである。まずいことになったと軍曹は思った。ひたすら牛の如く飲み、馬の如く食うのが、この家の食卓での唯一のマナーだったからである。

他人のもののように感覚のなくなった足を拭い、軍曹が縁側に上がったそのとき、縁側の襖の奥の居間の奥の、そのまた奥の客間の襖が、ババババアンと開かれた。

「うわっ、じじ様！」

父はとっさにパイプオルガンの声をチェンバロのように改めて叫んだ。兄弟はひとたまりもなく縁先から転げ落ちて、祖父を伏し拝んだ。

「イサ……そこに、なおれ……」

祖父はとうてい楽器にはたとえがたい、しいて言うなら古代の笛のような神《かむ》さびた声でそう言った。

百までは勘定したが、その先は面倒なのでやめたというこの老人の実年齢を知る者はない。なぜかというと、父が生まれたとき、すでに今とちっとも変わらぬ老人だったからである。そのうえ調べようにも、戸籍の原本は枕崎《まくらざき》台風でブッ飛んでおり、現在の役場に伝わるものは、その後住民の自己申告によって作成されたかなりアバウトな代物であった。祖父については天保三年の生まれ、と記載されていたが、もちろん信じる者はいない。しかしそれは飲み屋の確定申告に似て、本人がそうだと言い張るのだから仕方がなかった。こんなことがバレると医学の良識がくつがえされるか、県民の良識が疑われるおそれがあるので、役場は事実をひた隠しに隠していた。かつて噂を聞きつけた中央政府の密偵が村に潜入したときには、戸籍係も祖父も死んだフリをしたものであった。

「おいが、介錯《かいしやく》ばしちゃる。そこになおれ」

「もうなおっとります、じじ様」

祖父の即身仏のように乾ききり、それでも往時の筋骨をしのばせる手には、伝家の名刀・一平安代《いちのひらやすよ》が握られていた。誰も信じてはいないが、祖父が若いころ、一平その人に打ってもらったといういわくつきのシロモノである。だとすると、打たせた本人がまだ使っているのだから、正しくは「伝家」ではない。

「じじ様、待っちゃんせ！」

「早まってはなりもはんど！」

父と兄は両側から祖父の体を押しとどめた。あまり力を入れると崩れるかもしれないので加減が難しかった。

「何ば言っちょるか。生き恥ば晒してん、おめおめと帰っちくっとは、薩摩武士の風上にもおけん男ち、どけ」

風のような声で祖父は言った。いや声帯はすでに半ば化石化しているので、半分はただの風であった。

「ひえっ、じじ様、許してたもいやんせ」

「許さん。おまんは死んとが怖ろしうて恥ば晒しちょる。男は戦《ゆ》っさに出ちゃい、必ずや死んでん帰るもんぞ」

一同はあんぐりと祖父を見つめた。どの顔にも「勝手なヤツだ」、と書いてあった。ハッとして言葉を取り戻そうとした祖父の表情には、明らかに狼狽《ろうばい》の色があった。

「ほ？　じじ様は確か、ノモンハンの生き残りじゃったとではごわはんか？」

父が訊ねた。

「二百三高地《にひゃくさんこうち》からも生きて帰られたんじゃろ……」

兄も責めた。

「西南の役じゃ、たしか田原坂《たばるざか》の戦さで……」

軍曹も首をかしげた。

「戊辰《ぼしん》戦争にもずっと従軍しちょったと……」

甥もふしぎそうに訊ねた。

コホン、と切羽つまった咳をして、祖父は刀を鞘《さや》におさめた。死んだフリをしようかと考えたあげく、風の声で言った。

「ま、よか。生き延びるのもまた御奉公のうちでごわんそ。こうなりゃ長生きせい、イサ。ファッ、ファッ！」

ひどくしらけた空気を引きずりながら、親子四代五人の精強な男たちは奥の客間に入った。

メンバーに応じて、食膳はたいそうなボリュームであった。十二畳の座敷の中央に、デンと六畳敷ぐらいの屋久杉《やくすぎ》の食卓が置かれ、ありとあらゆる山海の珍味が山のごとく並べられているのであった。しかもそれらはすべて、南国特有のゴテゴテの油料理であった。

「ゲ……」

さすがの軍曹も思わず口を押さえた。いつものクセでとっさに計算すると、それらは総計十万キロカロリーもあろうと思われた。これをたいらげれば力学上、人も空を飛べるに決まっていた。

「ついでくりゃい」

祖父はドンブリのような盃を軍曹に向けた。卓がデカすぎて、焼酎の酌をするのにもいちいち座敷をひと回りしなければならないのはたいそう辛かった。

肘を張り、「チェストオッ！」といっせいに奇声を発して、一族はなんだか理由のよくわからん祝盃を上げた。

「おいはな、イサ。おまんが義のために立ったたっち聞いて、今こそ江戸に攻め上るときじゃち、近在に檄《げき》ば飛ばしとったぞ。じゃっどん、おまんが死にもはんで、出陣の機ば見失ったとじゃ。ああ、千載一遇の戦機ば見失うた。明治十年以来、いいや関ヶ原以来の痛恨事じゃ、チェスト！」

「あは……」

軍曹はただただ怖れ入るばかりであった。

「おじじ様、過ぎちゃらこつとやかく蒸し返しちょってても仕方なかごわんで。まま、飲みやんせ、食いやんせ」

兄が上手に仲を取り持つと、それをしおに一同は声を出すのも忘れてガツガツと食い始めた。

「どした、イサ。相変わらず小食じゃのう。おい、遠慮ばしちょるち、食わしちゃれ、飲ましちゃれ」

「チェスト、わかりもした！」

父が命ずると、兄と甥は両脇から軍曹の首を羽交いじめにして、酒と料理を片ッぱしから口に詰めこむのであった。遠慮深い客人に対するこの村の礼儀であった。

「イサ、おまんの好きな脂身の角煮じゃ、アッサリしてうまかぞ。チェスト、食え」

「叔父上、ビールなら腹も張ろうが、たかだかイモ焼酎じゃち。チェスト、飲んでたもんせ。ほれ、口ば開けて」

なすがままに酒と料理を詰めこまれながら、ここで死ぬくらいなら、やはりあのとき自決すべきだったと軍曹は切実に悔やんだ。

しかし彼は強運であった。たらいのような煮しめの鉢を捧げ持ってきた妹が、兄の窮状に気付き、とっさに助け舟を出したのである。

「じじ様。あにさんはまだ鎮守様にお参りしておりもはんで。ご酒の回らんうちに」

一同はふと箸の動きを止めた。出征と帰還に際しては村はずれの鎮守に詣で、武運長久を祈り、戦勲の報告をするのが、決してなおざりにできぬ男たちの習慣であった。

「何と、イサ。おまんまだお参りばしちょらんかったとか」

「あっ、そうです。大変じゃ、バチば当たる」

とうにバチは当たっていたが、これ幸いと軍曹は立ち上がった。

「慮外者《りょがいもの》め、早う行け。ユメ、伴《とも》ばしやんせ」

ハイ、とピッコロのような声で答えると、妹はひと突きで宇宙まで飛びそうなほど膨れ上がった兄の体を支えながら座敷を出た。

「すまんな、ユメ。よう気のつくおなごじゃ」

「何、じきにみな酔い潰れます。あにさん、おなかすいちょったら、あとでユメが茶漬でもこさえもんそ」

妹は耳元でそう囁いた。

詩を読む少女

西郷隆盛を祀《まつ》る照勲《しょうくん》神社は、小学校の校庭と地続きの、うっそうと茂った楠の森の中にあった。

午後の木漏れ日に照らされた境内は荒れていた。村が妙に静まり返っていたことや、小学校の体操の風景が閑散としていたことと、それは少なからず関係があるに違いなかった。

「若い者ば残らんとですよ。ユメの同級生も、もうひとりも村にはおらんとです」

木々の根方《ねかた》に咲くれんげを摘んで花の輪を作ると、ユメは少女のようにそう言って兄の胸に飾るのであった。

「おまえも大阪でん東京でん、出れば良か」

「そうはいきもはん。ユメが家を出れば、あん男衆、誰が面倒ば見もんそ。かかさまはもうお齢《とし》じゃし、嫁《あね》さはとうにあいそばつかして里に帰っちょりもす」

ユメは境内の木陰に、道祖神のようにちんまりとうずくまると、ズックの提げカバンから詩集を取り出してパラパラとページをめくった。

「お参りしやんせ、あにさん」

軍曹は妹の微笑に被われた、耐え難い淋しさを見逃しはしなかった。

「おまん……やはりおいのことで、嫁ば行けんとじゃな。家の者が何と言おうが、おいは犯罪人には違いなかとじゃから」

「そげんこつ、知りもはん。ユメは夢見る夢子じゃから、こん村でこうして中原中也《なかはらちゆうや》の詩ば読んじょるのが、いちばん似合うとです。本人が良か言うんじゃから、そいで良かごわはんめか」

軍曹は思いあまって、妹の小さな体を胸にしかと抱き寄せた。

「おまん、鹿児島《かごんま》の役場の男のこつば、好いとったじゃろ。すまんの。あにさんはユメのこつ忘れちょった。四十にもなってひとりのおなごも幸せにできんどころか、おまんひとりを不幸にした。力のなか男じゃ、許してくりゃい」

「やめてたもんせ、あにさん。もったいなかとです。あにさんは西郷先生の生まれ変わりじゃっとです。民草《たみくさ》のために、お国に弓ば引いたっとです。ユメはそのことだけを誇りにして生きて行けますけん」

思いがけぬ力で、ユメは兄の胸を突き放した。

「チェスト、しっかりしやんせ。あにさんは妹に涙ば見せるほど安か男じゃなかとでしょう。ささ、お参りしなっせ」

軍曹は涙を拭って立ち上がると、古い社《やしろ》に向かった。軒は傾き、屋根には雑草が茂っている。その荒れようはどうとも尋常ではない。手を合わせかけて、軍曹はそっと社殿の扉を開いた。

「ありゃ……西郷先生の銅像がなか……ユメ、大変じゃ、ご神体がなかぞ！」

「あっ、あにさん、そげんこつばしてバチば当たります。ええと、それは、その……修理ば出しちょります」

妹の表情には明らかなとまどいがあった。

「修理……ハテ面妖《めんよう》な。かわりに西郷輝彦《てるひこ》のブロマイドが貼ってあるっち」

「ははは、シャレ、シャレです。おもしろかとでしょう」

全然おもしろくなかった。年をくってすっかりヅラ顔になった最近のものであるならまだしも、それが星のフラメンコ時代の彼の姿であることは、たとえシャレにしろ面妖であった。

「ううむ、なにかおかしい。まるで平凡《へいぼん》・明星《みょうじょう》の古かノリじゃなかか。何だか欺されちょるような気がすっと」

「そ、そげんこつなか。気のせいでごわんで、あにさん。さ、帰りまひょ」

妹はそそくさと兄の手を引いて、早くも家路をたどるのであった。

そのとき軍曹が突然の便意をもよおさなければ、事態はまたべつの展開を見たはずであった。しかし、食ったものがたちまちクソになる体質の彼にとって、それはすべての疑念に優先する緊急事であった。

いまだに酔えば日比谷公園の茂みででも野グソをたれる軍曹であったが、さすがに神域を穢《けが》す勇気はなかった。すべてをさておき、彼は思考停止の状態で一目散に駆け出した。

「待っちゃんせ、あにさん。何を急に思いついたとですか。そげん怖か顔ばしなさって」

「うるさい、あとから来やれ。おいは急ぐとじゃ！」

「あの、これには深いワケが。あにさん、待って！」

「待てと言って止まるものなら苦労はせんわい。あっ、いかん、さしこむ。チェスト！」

軍曹は疾風《はやて》のごとく石畳の坂道を駆け下りた。

息せききって屋敷の庭に飛びこんだとたん、軍曹は青ざめた。庭先の厠《かわや》の前に、親子四代の行列ができていたのである。体質を共有する血族の悲劇であった。

厠の中では祖父のくぐもった唸り声が続いており、扉の前には直立不動の姿勢で父が立っていた。絣の着流しの、腰のあたりの緊張感からして、すでに予断の許されぬ状況であることは明らかであった。

「チェスト、じじさま。早う出てたもいやんせ」

「チェスト……まだまだ」

ノックのかわりに根性と忍耐の意をこめて「チェスト」と言うのは、この家の古くからのならわしであった。

「チェスト、チェストッ、もう……良かごわはんめか」

「チェスト、まだじゃ。もうしばらく辛抱せい」

直立不動で懇願する父のうしろでは、兄が額に脂汗をびっしりとたたえたまま、膝に手を当てていた。そのままうしろに並ぶ甥は、地べたに四つんばいになったまま、わなわなと身を慄わせている。

やむなくそのうしろに並んだものの、絶望感が軍曹を打ちのめした。

時は流れず、積もり重なって行くようであった。小川の水車の音がせつせつと胸を打った。縁の下では蜘蛛《くも》の巣が、心細そうに風に揺らいでいた。

「太郎、しっかりせい。ここが男の見せ場ぞ」

「うう、叔父上。太郎はもう……もう……お先にイキもっす」

「待て、早まるな。あとわずかの辛抱じゃ」

「いえ、うちの衆はフロとメシは早かとですが、クソは長かとです。あと三十分はかかりもんそ。太郎はもう、持ちこたえられもはん。いざ」

「ま、待て。待っちゃんせ、ナニ、あと三十分……おい、太郎、順番かわれ」

「かわれとは、何たるご無体な……」

「だまれ、薩摩でん早いもん勝ちちゅうこつはなか。年の順じゃぃ」

びっしりと総身に鳥肌を立てながら、軍曹は太郎を押しのけた。

「叔父上、な、何と……」

「うるさい、おいが介錯ばしちゃる」

「わわっ、腹を押すなどと、やめてくりゃんせ叔父上。よし、かくなるうえは刺しちがえて」

「あっ、よさんか太郎。おいはまだやり残しちょるこつがある。パンツの替えもなかとじゃ」

叔父と甥が列の最後尾で争っている間に、さわやかな溜息をつきながら祖父が出てきた。父は脱兎のごとく厠に転がりこんだ。

再びやってきた重苦しい時間を、軍曹は気力で耐えた。武運つたなくひとあし先にイッた太郎は、快感と不快感のないまぜになった顔を、ぼんやりと春の空に向けていた。

やがて父が出、兄が入った。地球のゆったりとめぐる動きが実感された。

「チェスト、兄上……」

「チェイストウ」

「お願いでごわす。かわってたもんせ」

「知りもはん。おいの権利でごわす。クソぐらいゆっくりタレさせてくりゃい」

「何と非情な……チェスト」

「クソ勘定に親兄弟はありもはん。ひやー、気持ち良か」

軍曹は耐え難きを耐え、忍び難きを忍んだ。兄にかわって厠に飛びこみ、あらゆる苦痛から解き放たれたとたん、軍曹は自分の人格がまたひとつ、強固に鎧《よろ》われたことを感じた。

血族の特異な体質から生まれたこの奇怪な習慣は、はからずも人格の形成に役立っていたのである。

縁側の日だまりで一服つけながら、幸せそうに談笑する人々の声が聞こえた。

軍曹は厠の中から大声で訊ねた。

「ところで、いま照勳神社ばお参りに行ってきもしたじゃっどん、ご神体が修理中じゃち、社もがっつい荒れとりもした」

談笑がハタと止んだ。歪んだ戸板のすきまから様子を窺《うかが》う。祖父と父と兄と甥とは、額を寄せ集めてぼそぼそと、何ごとかを囁き合っていた。

軍曹は暗澹《あんたん》となった。言葉とはうらはらに、自分が彼らにとって招かれざる者であることを、はっきりと感じたのである。

柱も庭も乾いていた。厠から出ると、軍曹はしょんぼりとうなだれて、勝手口から厨《くりや》に入った。板敷に小さな箱膳を並べて、母と妹が残りものの食事をとっていた。

「かかさまは、まだこげんところで飯ば食っちょいなさるか」

母は箸を止めて、淋しい笑顔を向けた。

「薩摩じゃ男とおなごは何でん別じゃち――どげんしたと、イサ。元気がごわはんど」

軍曹は居ずまいを正して、深々と母に頭《こうべ》を垂れた。

「おいが迷惑ばかけもしたのは、ユメばかりではごわはんめか。かかさまもじじさまも、父上も兄上も太郎も、みなおいが犯罪人だち、肩身の狭か思いばしてごたる。そげんこつな知りもせんと、のこのこ帰って来もしたおいは情けなか男でごわす。ごちそうばなりもした。東京へ帰りもっす」

「イサ」、と母は土間ににじり寄って軍曹の手を握った。

「たしかにみなうしろ指ばさされちょる。じゃっどん、おまんさあは命ば投げ出して義をば貫いたっち、家族はこいで良かとよ。良かか、イサ。世間の噂ば気にして己れの道を曲ぐるこそ恥ぞ。世に恥じようと、天に恥じんこつが、薩摩の男ぞ」

「……んなら、かかさま、お体ば大切に」

軍曹は振り返りもせずに勝手口から出た。縁側では沈鬱な顔の男たちが、無言で見送った。

「じじさま、ととさま。あにさんを止めてくりゃい。せめて今夜一晩ゆっくりと……」

裸足のまま庭に走り出て、妹は言った、答えるかわりに、男たちは去って行く軍曹の背に向かって、「チェスト!」、と声を揃えた。

己れのすべてを完成された肉体で語りつくすことのできる彼らにとって、言葉はいらなかった。

――俺は故郷を捨てるために帰ってきたのだと、軍曹は立ち去りながら考えた。古い屋敷門をくぐり、坂道の途中からもういちど、生まれ育った家を振り返った。永遠に変わることのない家、変わるはずのない家。この剛毅《ごうき》な、朴訥《ぼくとつ》なたたずまいこそ、俺の誇りだ。この家に生まれ育ったという記憶だけで、誇り高く生きて行けると、軍曹は思った。

「ご一同にもっす。お言葉に甘えもっして、イサはお国のためにもうひと働きしてきもっす。迷惑ばおかけすっとが、おいが戦《ゆ》っさは義のための戦っさじゃっどん、堪忍してたもいやんせ。チェストッ！」

正確な回れ右をすると、軍曹は早足で駅へ向かう道を下って行った。

しばらくの間、家族はじっと動かずにいた。やがて太郎がすり足で庭を走り、門の外の松の枝によじ登って駅を見下ろした。

遠い汽笛を確認し、振り返って両手を上げ、万事解決の輪を家に向かってかざす。それをしおに、人々はいっせいに動き出した。

「まったくビックリするわよねえ、いきなり電話してくるんだから。ああ、くたびれた」

母はそう言って大きな伸びをした。

「あのバカ、鹿児島で油売ってくれてたからいいようなものの、まっすぐこられたらお手上げだったぞ。何たってガキの時分から思い付きで行動するヤツだったからな、クワバラ、クワバラ」

父は絣《かすり》の着物を脱ぎ捨て、早くもゴルフウェアに着替え始めた。兄が厩《うまや》を開け、積み上げられた飼葉を突き崩すと、ピカピカのベンツ560SELが姿を現わした。

「ようやくこの村もリゾート開発で日の目を見るっていうのに。しかし良かったなあ、あと一カ月先だったら工事が始まっちまうところだった。おい太郎、ジジィを病院に送り返してこい」

「オーケー、パパ。しかし何だよなー、鹿児島弁もたまに使うと、けっこう忘れちゃってんだよなー。おじさんが一番うまいでやんの」

太郎はそう言うと、じじ様をひょいと背中にしょった。

「さあ、じさま。ベンツで送ってってやるからよー。なかなか名演技だったぜ、まだ当分はお迎えが来そーもねーな」

半ばボケているじじ様は、わかっているのかいないのか、ヒヤッヒヤッと風のように笑った。

父と母は庭先に並んで立つと、古い母屋の屋根を感慨ぶかげに見上げた。

「しかしこうして良く見ると、何だかぶっこわしちまうのがもったいねえ気もするな」

「今さら何言ってんの。ここがゲートになるんだからね。小学校にホテルが建って、鎮守の森がクラブハウス。夢のようねえ、バブルが崩壊して一時はどうなることかと思ったけど、ま、めでたしめでたしだわ」

「イサのやつには気の毒な気がしねえでもないけど」

「他に方法がないもんねえ。何せ億万長者になれる話を、ここまできてぶちこわされたんじゃ、それこそご先祖様に申しわけがたたないわ。さあ、夕飯の仕度しなきゃ。みんなもたれてるみたいだから、サッパリとシーフード・リゾットにでもしましょうか」

「あっ、太郎。おめえ無免許だろ、何べん言ったらわかるんだ。今問題起こすようなことしちゃダメだ。おおい、ユメ、運転してけ」

はい、とユメはただひとりだけ淋しげな顔を笑みでつくろってベンツの運転席に座った。

博多《はかた》行きの急行列車を待つ間、軍曹はぶらぶらと天文館《てんもんかん》の繁華街をさまよった。心は癒《いや》されることがなかった。

ふと思いついて本屋に立ち寄り、中原中也の詩集を買った。たいそう勇気のいる買物であった。しかもレジには若い娘がいたので、「プレジデント」と「諸君《しょくん》！」の間にはさんで買わなければならなかった。

一瞬目が合ったとき、つい「いや、娘がねえ」、と言わでもの嘘をつく軍曹であった。

何となく不可解な別れであった。釈然としないものが心の隅に残っていた。しかしもともと猜疑心《さいぎしん》というものを持ち合わせず、世界中の災厄《さいやく》はすべて自分の責任であると感じる珍しい性格の彼は、その心の中のわだかまりすら、己れの煩悩《ぼんのう》にすぎぬと決めつけるのであった。

アーケード街の辻から少し入った路地の、古道具屋の店頭にそれを発見したときでさえ、軍曹は何の疑義も持とうとはせず、店先に両手をついてただただ力の及ばぬ己れの非を悔いるのであった。

「西郷先生……何とおいたわしかこつ」

それは身の丈一メートルばかりの、西郷南洲《なんしゅう》像であった。手もみして出てきた店主に、軍曹はくわっと怖ろしげな目を剝いた。

「ご主人。この銅像ば、おいに譲ってたもんせ」

「へい、そりゃもうこちらは商売でございますから。良い物でございますよ、つい先ごろまで神社のご神体だったというシロモノでして——ええと、三十万になります」

「むむ……三十万。高か。三万にせい」

「は？……ご冗談を」

軍曹はヌッと立ち上がると、胸の高さの店主を大魔神のように見下ろした。

「だまれ町人。薩摩武士の魂ばゼニで売り買いするっち、何たるこつ。三万は代金ではなか、おいからの心付けじゃい。文句はなかとじゃろ」

「な、なかと……です」

慄え上がる店主に一万円札を三枚押し付けると、軍曹はウオッと叫んで銅像を抱き上げた。

「ムリですよ旦那。百キロはある」

「何の。東京に持ち帰るっち、荒縄ばよこせ。おいの背にくくりつけてたもんせ」

「そ、そんな。うっへー、何ということを」

百キロの銅像を荒縄で背負いながら、軍曹は自らに言いきかせるように唸った。

「ムム……何のこれしき、城山で討たれもした西郷先生は、もっと苦しかぞ。おいの不始末でん親兄弟はもっとつらかぞ。ソマリアの難民やカンボジアの子等は、もっともっと、救われんとぞ。ウウッ、何の、チェストオ！」

体をみしみしと軋ませて立ち上がると、軍曹は一歩を踏みしめる強力《ごうりき》のように歩き出した。行きかう人々はみな目を瞠《みは》り、道を開け、あるいはキャーキャーと逃げまどった。

「ううっ……雲仙の農民はもっとつらかぞ。チェルノブイリの子等はもっと苦しかぞ。どいてたもんせ、道ば開けてたもんせ、大河原勲《いさお》一等陸曹、これより東京ば帰りもっす」

まずいことに西鹿児島駅の構内は、観光キャンペーンでドッと押し寄せた客たちがごったがえしていた。人々はいきなり現われた奇怪な男にあわてふためき、ホノルル空港でいきなりレイをかけられてキスされたときより、もっとあせった。

観光客もあせったが、駅員もあせった。何しろ会社の売上とてめえのボーナスが実は関係があるのだと、近ごろようやく気付いた彼らであった。

周囲の騒ぎをよそに、軍曹は玉の汗をうかべながら運賃表を睨み上げていた。東京まで一万五千五百五十円。博多から新幹線に乗り継ぐと、さらに九千四百円が加算される。はたして西郷どんはいくらであろうと、軍曹は真剣に考えた。

身長でいうなら子供だが、体重は大人である。かつて中央政府の大立者であったのだから、当然顔パスということも考えられる。しかし征韓論に敗れて下野したうえに、挙兵して逆賊となった。ということはやっぱり官位も剥奪《はくだつ》されたのだから特権もあるまい――軍曹は説明に苦慮した。しかも思いがけぬ三万円の出費でふところは心もとなかった。

みどりの窓口では駅員たちが寄り集まって、おそるおそるこちらを見ている。意を決した軍曹は、なるたけ薩摩人らしく堂々とカウンターに歩み寄った。理屈は言うまい。

「東京まで。男一枚。銅像一枚」

駅員たちはいっせいに目を瞠って、ゴクリと唾を呑んだ。民営化にともなう人事発令のとき以来の緊張感が、誰の表情にもみなぎっていた。

　ほとんどの駅員は凍えついたように動けなかったが、ただひとり熊本出身らしい、見るからにしぶとそうな駅員が、慄える手で切符を差し出した。

「銅像はいくらでごわすか。西郷先生の切符は」

「……けっこうです。どうぞ」

「どうぞとは、タダという意味でごわすか。それともシャレでごわすか」

「タダ、タダでけっこうです。あっ、列車が。ささ、お急ぎなさい」

　早く早くと、駅員は口を揃えた。もどかしげに銅像のケツを押す者もいた。彼らの真意は、ともかくこのわけのわからん客をＪＲ九州の領地から早いとこＪＲ西日本に送りこんじまおうということに他ならなかった。

　急行列車はひどくすいていた。いや正しくは軍曹の回りだけ、がらんとすいていた。

　銅像を背にしたまま腰を下ろすと、座席はつごう二百キロに余る体重に、みしりと軋んだ。背中の銅像が不平を言ったように聞こえて、軍曹は首を振り向けた。

「西郷先生、運賃は一人分でごわんすから、窮屈でもしばらく辛抱してたもんせ。他の乗客の迷惑になりもっす。東京ば行って、くされ役人どもの非を、今こそ問い質しもっそではごわはんか」

（良か。おまんさの良かごつしちゃれ）

と、銅像が言ったように思えた。

通路をはさんだ向こう側の席に、梅干のようにひからびた老婆がひとり、ちょこんと背を丸めて座っていた。どうやら逃げ遅れたというふうではない。老婆はぼんやりと軍曹を見つめ、むしろ感心したように呟いた。

「おまんさあ、西郷《せご》どんを東京ばお連れすっとか」

軍曹はわずかの疑念もない晴れがましい瞳で老婆を見返った。

「いかにも。百年の恨み、今こそ晴らさんがため、大河原村よりはるばるとお連れしもっす。明治十年の戦《ゆ》っさじゃ、熊本ば抜くに往生しもしたじゃっどん、こんたびはまっすぐに東京ば向かいもっす」

「ふうん」、と老婆はけっこう納得した。

「偉か男じゃね。薩摩隼人はとうに死に絶えもしたと思っちょったが……大河原村の方かね」

「知っちょいやすか。おいどま、関ヶ原じゃ島津公の殿軍ばつとめ、西南の役じゃ熊本攻めの先陣ばたまわった大河原党の者でごわす」

老婆はほうっと、気の毒そうに溜息をついた。

「そうかね。あすこいらはがっついゴルフ場ができっと、西郷どんも居場所ばなくなったとか。おいたわしげなこつ」

「ゴ、ル、フ、場？」

「おや、知らんとか。景気ば良くなったっち、ようやく工事ば始まるとよ。良かなあ、あの村の衆は。茶畑ば目ん玉とび出るよな値がついたっと、みな指宿《いぶすき》の方に温泉付きのマンションば買って引っ越すち、一生左うちわじゃろう」

ごろりと不穏な轍の音を残して、列車は走り出した。

軍曹は押し黙ったまま、走り行く故郷の春を眺めた。市内を抜けると光に満ちた田園風景が車窓いっぱいに広がった。

「そげんばかなこつ……西郷先生、そげんこつ、なかですな」

銅像は答えなかった。


「おばちゃん、おれ腹へったよー、じじいも送り返したことだし、ケンタッキーおごってくれよ、なー」

「うるさか男じゃね。じきにあにさんの乗った汽車ばくるっち、待たんかい」

太郎は線路ぎわの土手にぺたりと座ったまま、呆れ顔で若い叔母を見上げた。

「何で急に鹿児島弁になるんだよー、直んなくなっちまったのかあ」

「あにさんが思い出さしてくれたとじゃ。やっぱり気持ん良か言葉じゃけえ、おいはずっとこうするとよ」

「うへっ、信じらんねー。何考えてんだよー。ミツオさんに嫌われても知らねーぞ。せっかく式の日どりまで決まったってのによー」

春を敷きつめたような菜の花の道であった。やがて、風景を惜しむような速さで、上りの列車がやってきた。

窓を追いながら、ユメは土手道を駆け出した。

「あにさあん！　あにさんはいもはんかあ！」

車窓の人々が珍しげに、菜の花の道を列車とともに走る娘を見つめていた。過ぎて行く窓のひとつが開かれると、兄が顔を突き出した。たくましい胸が荒縄で十文字にくくられていた。なぜそんななりをしているのかはわからなかったが、目に見えぬ不条理が荒縄の形をかりて兄の体をいましめているような気がした。

ユメは走った。自分の中から、まるで日に晒された蜃気楼のようにあわただしく喪《うしな》われて行くものを摑み取ろうとでもするように、ユメは両手を振り、けんめいに兄の名を呼んだ。

「やめんか、ユメ。あぶなかぞ！」

言わねばならぬことが、空を征《ゆ》く雲のようにユメの心を被った。わずかに許された一瞬の間に、どうしても言わねばならぬひとことだけを選《え》り抜いて、ユメは叫んだ。

「あにさん、ユメは幸せになるけんね！　嫁ば行くけんね！　ミツオさあは薩摩の男だっち、心配せんでよかあ！」

おお、と軍曹は言葉にならぬ喜びを体じゅうに表わして、風の中に拳を振り上げた。

ユメはつま先立って手を振り、列車が行ってしまうと花に埋もれて泣いた。

兄が二度と再び帰るはずはなかった。今となっては世界中のどこにも身の置き場のない清らかな兄であった。故郷でさえ、そのよるべない魂を拒んだのであった。

古い、美しい詩など何べん読み返しても、それはすでに暗号のように自分を悩ませるだけだと、ユメは思った。

幸福のために捨ててきたものは、あまりに多すぎた。

列車が故郷を隔てるトンネルに入って、軍曹はようやく窓を下ろした。

(イサどん、こいで良か。うしろば振り返ってはならんぞ。男はいつでん、己れの行く先ばしっかと見っとじゃ)

銅像の囁きに軍曹は肯いた。
作業服のジッパーを開け、買い求めた古い詩集を取り出すと、軍曹は朴訥なたどたどしい声で、見開きの詩を読んだ。

柱も庭も乾いてゐる
今日は好い天気だ
　　緑の下では蜘蛛の巣が
　　心細さうに揺れてゐる

山では枯木も息を吐く
あゝ今日は好い天気だ
　　路傍の草影が
　　あどけない愁《かなし》みをする

これが私の故里だ
さやかに風も吹いてゐる

心置なく泣かれよと
年増婦《としま》の低い声もする

あゝ　おまへはなにをして来たのだと……
吹き来る風が私に云ふ

――疲れた瞼を閉じた。

たしかに、「ああおまえは何をして来たのだ」、と、列車の中に吹き残る故郷の風が、軍曹に言った。

バイバイ・バディ

天政会五代目

観葉植物に埋もれた砦《アジト》のペントハウスにデッキチェアを並べて、ピスケンは軍曹の身上話を聞いている。顔面に棕櫚《しゅろ》の葉をかぶせているのは、ガラス屋根から差し入る春の光が眩《まぶ》しいからではない。せつせつと語る話を聞きながら、そうして笑いをこらえているのである。

「――というわけで、故里は失われたのだ。俺の帰る所は、もうここしかなくなった……おい、ケンタ。貴様、もしや笑ってはいないか。口元が歪んでおる。まるで不二家《ふじや》のペコちゃんのようだが」

ピスケンはあわてて唇を引き締めた。

「え？　そんなことねえよ。マジメに聞いてるぜ」

「そうか……ずっと手足が慄えていたようだが」

「そ、そりゃおめえ、久しぶりにお天道様に当たったんで、手も足も喜んでるんだ」

軍曹はデッキチェアから身を起こすと、ピスケンの顔を被う棕櫚の葉をはぎ取った。笑いをこらえにこらえた三日月形の目が現われた。

「何だ貴様、その目は。そうか、やはり俺を笑いものにしておったのだな。ああ、俺はとうとう親兄弟ばかりか、友までも失ってしまった」

ブハッと噴き出してしばらく笑い転げてから、ピスケンは軍曹の打ちしおれた肩を叩いた。

「おめえなんざ、たとえコケにされたって故里があるだけまだマシだ。俺の生まれ故郷なんざ、とうの昔にビルの谷間に消えちまって、おやじやおふくろは地上げにかかったゼニをしこたま持って、オーストラリアでコアラと遊んでるんだぜ」

毒を吐き出すようにピスケンは言った。忘れられた男たちの会話は、かつて刑務所の雑居房や自衛隊の営内班で交わされていた愚痴とどこも違わなかった。

たがいの顔の中に自分自身の情けない表情を見いだして、二人は同時にガラスの外に目をそむけた。

「どうやら、もうひとりおるようだな。忘れられた男が……」

屋上の鉄柵にもたれ、広橋秀彦はぼんやりと北の空を眺めている。コートの襟を立て、灰色のソフト帽の庇を目の高さに支えながら、じっと雪解けの匂いのする北風を見つめているのであった――。

四代目天政連合会総長・新見源太郎《にいみげんたろう》が、トッゼン正気に戻って病室に幹部を召集したのは、濠端《ほりばた》の桜も満開のうららかな午後である。

ふつうこの季節になると正気の人間でも頭がおかしくなるものだが、ふだんからおかしい彼は、いわゆる「マイマイがプラ」の数理に従って正気に立ち返ったのであった。

アルツハイマー病の世界的権威である精神科の教授はあせった。即刻CTを撮ったが、患者の萎縮しきっていた大脳は一夜にして完全に復元していた。桜の花にしてやられた教授はガックリとうなだれ、ヒマそうな弟子の一人に「季節と大脳の相関関係」についての論文を至急まとめるよう命じた。

たしかに、土手の桜が開花したとたん、奇跡は起こったのであった。

老総長はやおら一代の侠客と謳《うた》われた往時の眼光を甦らせてベッドの上に身を起こした。頭に冠った洗面器をおもむろに取り、赤いチャンチャンコとピンクのパジャマを脱ぎ捨てて銀ねずの大島に着替えると、あわてふためく若者たちをよそに、低い、しわがれた仁侠の声でこう言った。

「そろそろ天政の五代目を立てずばなるめえ――おい、人を集めな」

指令はたちまち本家のコンピュータ・ネットワークを通じて全国の傘下組織に打ち出された。

〈跡目相続ニ関スル臨時幹部会ヲ開催スル。四月一日一七：〇〇、執行部並ビニ直系組長ハ御茶ノ水大学病院一六〇二号室ニ集合セヨ。服役中、勾留中ノ者ヲ除キ、欠席ハ之ヲ許サズ。新見源太郎〉

時節柄、ただでさえシノギに忙しい全国の事務所はパニクった。

愛妾しのぶのマンションで知らせを受けた総長代行・岩松円次は、折りしも義理堅い行為の真最中であったが、ベッドの脇に置かれたモニターを一瞥《いちべつ》するや否や、マナーを無視して猛然と腰を振った。

若頭代行・福島克也は、全国から殺到する問い合わせの電話を両手両足でさばきながら、神経性下痢に襲われてのたうち回った。

今や巨額の上納金に物を言わせて若頭補佐にまでのし上がった「北海の白熊」こと古屋《ふるや》万吉《まんきち》は、雪おろしの屋根から滑り下りて、山に向かって吠えた。

そのほか名だたる親分衆は、あるいは常夏《とこなつ》のビーチで、あるいは競輪場のスタンドで、あるいは車中の携帯電話で、またあるいはアルバイト先でこの知らせに接し、どれも期待感に身を慄わせた。

今日の政局と同様、組織の行く末はまったく不透明感に満ちており、誰もが少なからず次期総長の座に希望を抱いていたのである。

とりわけ最もあわてたのは、永遠のナンバー・2として、この日を一日千秋《いちじつせんしゆう》の思いで待ち焦れていた、若頭・田之倉五郎松であった。

彼は麻薬不法所持のかどで、東京拘置所に未決勾留中の身の上であったが、性こりもなく十三度目の保釈申請を終え、巨額の保釈金を用意して裁判官の恩情を待っていた。

彼はたちまち弁護団を拘置所に召集し、「二十四時間以内に保釈の場合はひとりあたま一億の成功報酬、失敗の場合は全員指ツメ」という緊急命令を発した。定年裁判官と検事出身の老獪《ろうかい》な弁護士たちは、いずれも一騎当千のツワモノであった。実のところ地裁の若い裁判官などへでもなかった。その気になれば不可能のない彼らは、手ぐすねひいてこの日を待ちわびていたのである。

斯界《しかい》の最高級ブランド・天政連合会の代紋頭《だいもんがしら》に立つことは、一国の宰相になることより難しかった。ダービーを制するのと同じくらい難しかった。

二十五人の直系組長はみな「リーチ」をかけた気分であり、とりわけ執行部の最高幹部は全員、「ダブルリーチ」をかけたような気持であった。大本命の田之倉若頭は国士無双十三面チャンを、岩松総長代行は九蓮宝燈《チユーレンポートー》九面チャンをテンパッていた。

こうした混乱にははっきりした原因があった。完璧なアルツハイマーであった新見総長が、見舞いにくる誰かれの見さかいなく、「跡目はおめえだ」と耳打ちしていたからである。

そんなことはツユ知らぬピスケンが久しぶりに総長《オヤジ》の見舞いにでも行くべえと病院を訪れたのは、四月一日の夕刻である。

病院の周囲には完全武装の機動隊が十重二十重《とえはたえ》の警備を敷いていた。すべての見舞客や外来患者に対して拳銃や刃物の所在を調べるのは容易であったが、クスリの中味を調べるのはコトであった。

「よお、ケンタ。祝儀よこせ、祝儀」

エレベーターホールで身体捜検を受けながら、岩松円次は余裕しゃくしゃくの笑顔を向けた。

「祝儀って、何の祝いです？——あれ、どうしたんスか、紋付ハカマなんかで」

獅子のような金歯を剝き出して、岩松はヒャッ、ヒャッ、と下品に笑った。

「そーか、知らねーのか。ま、てめえみてえな窓ギワの懲役ボケのチンケなクスブリの三ン下にゃ知らせも行くめえがよ。さあて、いよいよ俺も目を持った。めでてえ、いや、めでてえ」

機動隊員にふところを探られてバンザイをしたまま、ふと岩松は真顔になった。正面玄関からゾロゾロと、モーニングや羽織ハカマに正装した親分衆が、列をなしてやってきたのである。

「……何だあいつら、めかしこみやがって……」

実はそのとき、めかしこんだ全員が同じ文句を肚の中で呟いていたのであった。

一人だけ地味な背広姿の福島克也が、携帯電話を両耳にあてがいながら走ってきた。ひっきりなしに続いている全国からの問い合わせを、この有能な若い幹事役は粗相なくさばき続けていた。忙しすぎておちおち総長の見舞いにくることのできなかった、ただひとりの幹部である。

「まったく、呼ばれてるのは執行部と直系組長だけだってのに、聞いたこともねえ末端《エダ》からも電話がきやがる。なんでオレが呼ばれねえんですかい、だって。いったい何考えてやがるんだろうなあ……あ、オヤジさん、健兄ィ、ごくろうさんです」

岩松は鷹揚《おうよう》に笑いながら、福島の肩を叩いた。

「おお。おめえもてえへんだなあ、克也。しかし、これでおめえも晴れて天政の若頭《かしら》だ。俺の下であと二十年も修業を積みゃ、きっといい極道になるだろうぜ」

「へい。おめっとうさんで」

「ヒャッ、ヒャッ。いいや、まだ早え。帰りにゃ俺の店でバッと行こうなバッと。ところで克也……」

と、岩松は福島の顔を引き寄せると、唯一の不安材料について問い質した。

「まさかとは思うけどよ。田之倉の兄弟が現われる、なんてこたァねえだろうなあ……」

福島は決してヤクザには見えぬ律儀者の顔をほころばせた。

「若頭が？――ハッハッ、オヤジさん、そりゃねえ。それだけァどう間違ったってありゃしません。何たって余罪がボロボロ出ちまって、一審の求刑は無期ですからね。ご安心なすって」

「しかしよ、あいつは部屋住みのガキの時分から妙に運の強えヤツだから。どんなに負けがこんでいても、土壇場の大マクリってえか、最後のカッパギが利くんだよな。有り金ぜんぶ張りこんで、ピインゾォロオォ、ってうなるとよ、ほんとにピンゾロが出ちまうタイプなんだ」

「大丈夫ですって。ピンゾロもクソも、拘置所の中からじゃ賽《さい》の振りようもねえんですから」

岩松は頼もしげに福島を見つめ、ホッと溜息をついた。

「そうだ、そうだよな克也。まったくおめえがそう言うと、六法全書にそう書いてあるみてえだ。しかし……何たって若頭といやァ、暗黙の跡目と昔から決まっているからなあ……」

「なあに。これで田之倉のオジキも引退の決心がつくでしょうよ。そうすりゃ裁判官の情も良くなるし、何よりもオジキ自身のためです」

三人は何となく幸福な気分のまま、エレベーターに乗りこんだ。自分こそが跡目と信じ切っている親分衆は、みな岩松の立場を気遣って一緒に乗ろうとはしなかった。誰もが己れの襲名後の岩松の処遇について思い悩んでいたのである。

「おおっ、岩松の。岩松の！」

と、古調な濁《だ》み声《ごえ》を張り上げて、「北海の白熊」こと古屋万吉が現われた。彼は連絡を受けるや、吹雪の峠を三つも越え、千歳《ちとせ》空港から自家用ヘリを駆って文字通り飛んできたのであった。紋付袴の足元にはまだカンジキをはいており、熊皮の防寒帽を脱ぐと石川五《いしかわご》右衛門《えもん》のように伸びきったパンチパーマが人々を圧倒した。村には床屋がなかった。

「あれ、古万の。あんた何しにきた？　また祝儀持ってきたのか」

いつもの癖で、古万を見ればパブロフの犬のようにヨダレを流してしまう岩松であった。

「何しにって……今日は晴れてわが生涯念願の……いや、わしだっていちおう若頭補佐だもね」

「え？――あ、そうだ。そうだっけな。あんたもいちおう執行部のメンバーだっけ。すっかり忘れてた」

福島克也がそっと岩松に耳打ちした。

「オヤジさん。ちゃんと立ててやりなせえよ。古万は何たって上納金《アガリ》の八割方をしょってるんですからね。今後のこともありますし」

「フムフム、そうだな……やあ、古万の。良くきた、まあ乗れ、奥へ入れ、遠慮すんな」

へい、と古万がカンジキをパタパタと鳴らし、雪の匂いを背負ってエレベーターに乗りこんだそのときであった。聞き覚えのある声がホールにこだました。

「おおい、待ってくれえ、兄弟！」

どよめきとともに挨拶の大声があちこちで起こった。群衆は道を開け、息を呑んでこの招かれざる客を迎えた。

「よう、兄弟。世話かけたなあ。いや、無理を通せば道理ひっこむってえか、この世にゃ神も仏もいるもんだ」

「た、たのくら！……てめえ、カッパギやがったのか」

「カッパギ？　何でえそりゃあ。おお克也、元気か。ケンタ、相変わらずだな。ン？　何だこのクマみてえなのは」

古万が田之倉五郎松を見たのは初めてであった。今までのいきさつ上、業界に暗い古万は粗相があってはならぬと岩松を見返った。

「ええと、こちらはどなたさんだべか？」

「……天政の、若頭《かしら》だよ」

岩松はげんなりとして呟いた。

「エッ、というと、田之倉の親分！」

ドアが閉まった。海底にうずくまる潜水艦のような沈黙がエレベーターの中を満たし、人々はそれぞれに、胸を打つ己れの鼓動を聴いていた。

総長の決心

そのころ――病院とは外濠《そとぼり》と皇居を隔てた桜田門に聳《そび》える警視庁の総監室にも、のっぴきならぬ沈黙のときが刻々と過ぎていた。

花岡《はなおか》警視総監は執務机に向かったまま、じっと腕組みをして目を閉じている。応接セットには、佐久間忠一第四課長《マルボウ》と向井権左ェ門元刑事が顔を付き合わせて、指定広域暴力団・天政連合会の組織図を睨んでいた。

伝令が緊急の報告書を持ってきた。一瞥するなり、佐久間警視正は金ブチのメガネを細い指先で押し上げ、青白い顔をもたげた。

「田之倉が、保釈されました――」

向井元刑事は坊主頭を抱えこみ、花岡総監はむっくりと椅子から背を起こした。

「信じらんねえなあ、キンちゃん」

「まったくだ。不死身としか言いようがないな、ゴンさん」

佐久間は、感心してる場合じゃないだろう、とでも言いたげに眉をひそめた。

「ともかく、これで話はまったくわからなくなりました。田之倉五郎松は現体制の下で若頭を二十年もつとめた、自他共に認めるナンバー・2ですから」

花岡総監はでっぷりと太った腹を突き出すようにして腰に手をあてがい、室内を歩き始めた。

「岩松円次で堅いと思ったんだがな。銭儲けはうまいが極道としての人望がまったくない岩松が跡目を取れば、間違いなく天政は割れると――壊滅させるチャンスだと思っておったんだが」

向井権左ェ門は現役の時分と少しも変わらぬ蛇のような目を、思いたどるように閉じた。

「だがよ、どだい田之倉も岩松も、天政会の跡目を取るような器量じゃねえんだ。どっちが立ったにせえ新見の親分とァ格が違いすぎる。そんなことァ、闇市の交番《ハコ》のころからやつらを知っている俺ァ、よおくわかる。なあキンちゃん」

花岡総監はイカれたアロハシャツ姿の田之倉五郎松と、薄汚れた航空服の岩松円次が肩で風を切って闇市を歩くさまを、昨日のことのように思い出してほくそ笑んだ。

「まったくなあ。気の利いた兄ィたちは、みんな天政の代紋を守るために長い懲役に行くか、若死にしてしまった。器量はないが要領のいいあの二人が生き延びた。それだけの話だ」

もっともだ、と言うように向井は肯《うなず》いた。

「実はこの間、新見のオヤジさんの様子を見に行ったんだがよ。嘆いてたっけなあ。ゴンさん、聞いてくれ、俺がこんな体になってまで引退しねえわけは、五郎と円次が半竹《はんちく》だからだ、あいつらの代になりゃ天政もいよいよ終《しめ》えだ、と。仁侠の灯は消えちまう、とな」

「それも時代ですよ、ゴンさん。新見総長のような昔かたぎのヤクザが生きて行ける時代じゃありません。むしろ福島克也のような若い者が跡目を取って、まったく新しい人畜無害な組織に変えてしまうことこそ、時代の要請じゃないんですかね」

佐久間は確信を持ってそう言った。

「違えねえ――」、と向井は肯《うなず》いた。「だが、新見のオヤジはその福島のことも嫌っている。病院から抜け出して本部のコンピュータ・ルームに殴りこんだのは有名な話だ」

「ああ、福島の留守にデータを切り刻んで、オペレーターたちが全部指つめられたという……福島は泣いてましたよ。やつら、キーボードが叩けなくなったらカタギになるしかねえって。データの複製《バックアップ》を取っておいたのが不幸中の幸いだったたって」

「それに、克也はあの通り欲のない男だからな。跡目どころか、天政をまっとうな事業体に変えることしか考えちゃいねえ」

「新しいものが嫌いな総長ですからね」

総長の意思を代弁するように佐久間は呟き、組織図の上の田之倉と岩松と福島の名をボールペンで消した。

「ところが、だ」、と向井権左ェ門は、組織図の端に新たに付け加えられたひとつの名前を指さした。

「妙なダークホースがいる。これだ」

花岡総監はテーブルを見下ろして首をかしげた。

「古屋組？——古屋万吉、北海道東辺朴《ひがしへんぼく》郡勝幌《かつぽろ》村？　何かね、これは。何だか国技館で放送されそうな縄張りじゃないか」

説明に苦慮する向井にかわって、佐久間が答えた。

「リゾート開発で潤った地元の大工なんですがね。どういうわけかいい年ブッこいてヤクザを志願したのです。何しろカネならいくらだってある地域デベロッパーですから、本部にバンバン上納金を送って、てっとり早く執行部入りした、と。変なヤツです」

「趣味の極道だな。そんなもの、話になるまい」

「いや、それがよ、キンちゃん」、と向井はただならぬ顔をした。

「まんざらバカにできねえんだ。何せ楽しみもねえ山ン中で、東映ヤクザ映画の復刻ビデオばっかりテープがすり切れるまで見てきたヤツだから、早え話が新見のオヤジの好み《タイプ》なんだな。見舞いにくるんだっていちいち仁義を切って、口にするセリフも大正時代さ。おまけに上京するたんびに、本物の夕張メロンを担いできやがる。消去法で行くと、新見のオヤジが古万を跡目に指名する可能性は十分にある、てわけだ」

「そんな、バカな……」

と、二人は同時に呟き、ゴクリと唾を呑んだ。向井は怪談でもするように続けた。

「ヤツの上納金は例によって岩松がパクッてるんだが、それがまた幸いしちまってる。つまり総長は、古万が幹部の地位をカネで買ったとは知らねえわけさ。で、地方のシマをずっと守ってきた、控え目な地味な子分だと、そう勘違いしている。いよいよ好みのタイプだ」

ウウム、と総監は唸った。

「東映の復刻ビデオ——あの『昭和残侠伝』とか『唐獅子牡丹《からじしぼたん》』のことか。まずい、それはまずいぞ。そんなヤツが跡目に立ったら……」

「要するに、ハッピとセッタが復活して、一時間半に一度は殴りこみが。それもガラス割ったりするんじゃなくて、日本刀ぶらさげて橋渡って行くやつ」

「おい、まずいぞそれは。映倫《えいりん》に圧力をかけて、東映ビデオのレンタルをすぐに止めるんだ。ついでに高倉健《たかくらけん》を勾留しろ」

「総監、それは手遅れですよ。近ごろではレンタルビデオばかりではなく、セルビデオというのもけっこう出回っているのです。それに、高倉健はすでにＪＲＡのお抱えスターです。中央競馬会《JRA》といえば今やわが国最大の金持ちです。鉄道《JR》よりも農協《JA》よりも強大な圧力団体ですよ」

佐久間忠一の的確な意見の前に、会議は再び沈黙した。


救命救急センターの看護婦長、「血まみれのマリア」こと阿部まりあが、新見総長の病室を訪れたのはその日の午後であった。

患者に対しては極めて神経質だが、健康な人間については何の配慮もないこのエキスパートは、十六階特別病棟の豪華な談話室《ディ・ルーム》に入るなり、大声で怒鳴りちらした。

「ナニやってんのあんたたち！　紋付袴なんか着て、モーニングに白いネクタイなんかしめて、ここはめでたい場所じゃないのよ！　コラ、そこのおまえ、サングラスはずせ。まったくバカスカ煙草なんかすって。おまえらなんかみんな肺癌になって、血ィ吐いて死んじまえ！」

たいへん意外な事実だが、看護婦の基本的性格は乱暴者であり、ヤクザは基本的に小心者なのである。

いちずに縦型社会を歩んできた男たちにとって、ナースキャップに輝く、見ただけで偉そうな黒線は、とりわけ威圧的であった。彼らは一様に部屋住み時代を思い出し、事務所にいきなり大兄ィが帰ってきたときのように、あわててタバコをもみ消し、立ち上がって「ごくろうさんです」を連呼してしまうのであった。

マリアは白衣の裾をひらめかせて、直立不動の男たちの間を歩いた。

「あら、田之倉さん。しばらくね、あんた死刑になったんじゃなかったの？」

「え、めっそうもねえ。本日ぶじ退院、じゃなかった、釈放されましたです、はい」

「ふうん。それを言うなら一時帰宅でしょ。岩松さん、どう、前立腺の具合は。あれ、ちょっと目が黄色いわね。あとで外来に寄りなさい」

ひとりだけ異変に気付かずに、窓に向かって携帯電話を構える福島克也の襟首を、マリアはグイッと摑んだ。

「福島さん、ちょいと、カッちゃん。おい、克也！」

「るせえな――アッ、こいつァ婦長さん！　オヤジがいつも、どうも……」

「うるさいのはあんたよ。当院では携帯電話の使用は禁じています。おやめなさい」

「や、すんません。じき終ります」

「おだまり！　ここでは私が法律よ。やめろと言ったらすぐやめろ！」

ハイ、と福島は電話を切った。マリアは一同をもういちど睨み倒し、ナースステーションからこわごわ様子を窺う看護婦や若い医師たちに余裕の笑みを返して病室へと向かった。掛け値なしの大貫禄であった。大股で歩み去るそのうしろ姿には、「武闘派」のイメージがあった。

しかし、ひとたび病室に入るとマリアの表情はたちまち天使のそれに変わる。患者たちの誰もがマリアを信頼し、愛していた。

「どう、親分、ボケは良くなりましたか？」

こういうミもフタもないケア・トークをさりげなく口にできるのは、全国八十万人の看護婦の中で、おそらくマリアひとりであろう。

怖ろしいことに彼女は、エイズ患者に対しても末期癌患者に対しても、同じように語りかけるのであった。そしてその言葉に接したとき、誰もが癌やエイズが「良くなった」ように感じるのはふしぎなことであった。

新見総長はベッドに身を起こして、ぼんやりと物思いに耽《ふけ》っていた。

「やあ、婦長さん。こんにちは」

「はい、こんにちは。どうしたの親分、元気がないね。何か心配事でもあるの？」

脈をとりながら、左手で病人の指先をやさしく包む。

「うん」、と総長はすっかり視力の衰えた瞼をこすりながらマリアを見上げた。

「わしもこんなになっちまって、もう長かねえから、ぼちぼち引退しようと思ってよ」

「そりゃいいことだわ。後は若い人たちに任せて、ゆっくり病気を治そうね」

「それがよお……任せられるもんなら、とっくに任しちまってるんだがなあ……」

マリアはおおよその事情を察した。総長は引退の意思表示をしたに違いない。で、子分たちを集めてみたは良いものの、ことこの場に至って後事を託することのできる人物を探しあぐねているのだ。デイ・ルームを埋めた男たちの物々しい出で立ちや、落ち着かぬ表情は、きっとそのせいなのだ。

「なあ、婦長さん。あんたはわしの子分どもをみんな知っとる。誰かわしの跡を継げるような者はおるか？」

「誰って、一の子分は田之倉さんでしょう」

総長は溜息をついて、悲しげに天井を見上げた。

「あいつはダメだ。政治家とツルんで悪事を働くようなやつは外道《げどう》だ。仁侠はいつだって、貧乏人と一緒にいなきゃならねえ」

「ふうん。じゃあ、岩松さん」

「話にならねえ。仁侠はゼニを持っちゃならねえ。いつも弱い者の味方をしていりゃ、ゼニなんざたまるわけねえんだ。ヤクザは何たってマジメでなけりゃ」

「だったら福島さん。あの人はマジメよ」

「マジメすぎるのも考えもんだ。ヤツに任せたら、仁侠もヤクザもいなくなっちまう――困ったなあ。一万二千人も子分がいて、跡目のひとりもいねえなんて。情けねえなあ……」

しばらくの間、伏し目がちに考えてから、マリアは顔を上げて総長を見据えた。

「ひとりだけ、いるじゃない。弱きを助け、強きを挫《くじ》く、貧乏で、てきとうにマジメな人」

「ン？　誰だ、そりゃあ」

「ケンちゃんよ。阪口健太。親分の言う条件にはピッタリだと思うけど」

総長は一瞬、全然考えていなかった、という顔をしたが、しばらく腕組みをしてからフッと口元で微笑んだ。

「ケンタ、か……言われてみりゃたしかにその通りだが……でも、何か危ねえなあ」

「そんなことないよ、親分。親分の若いころのこと、考えてみなよ。私ね、親分の思い出話を聞いてると、どうしてもケンちゃんの顔がダブるのよ。ほら、パンパンを刈りこみの護送車ごと拐《さら》って、みんなで海を見に行った話とかさ。マイナイ役人を誘拐して、身代金を戦争孤児の施設に寄付させちゃった話とかさ。工場ごと借金証文を灰にして女工さんたちを自由にしてやった話とか――好きだなあ、ああいうの。ケンちゃんならやりそうだよ」

総長は若き日の出来事を思い返すように遠い目を窓の外に向け、マリアを振り返ってから、少し照れた。

「そうか。似てるか」

「うん、そっくり。男は危ないぐらいでちょうどいいのよ」

肚を決めた、というふうに総長は肯いた。

「よおし、五代目はケンタだ。ただし――ひとつだけ条件がある」

「何、それ」

総長は痩せさらばえた手を伸ばして、マリアの顔を肩に抱き寄せた。

「おめえが、ケンタと所帯を持ってくれるんなら」

マリアはふと、総長がずっと仮病を使っていたのではないかと思った。自分の理解できぬ、そして理解されぬ「時代」に取り囲まれて、なすすべもなく病をかたっていたのではあるまいか。次郎長の再来とまで謳われた、新見源太郎の名前だけがひとり歩きをして、その実、本人はやり場のない孤独にいつも打ちひしがれていたのではないだろうか。

老総長の乾いた唇が、愛《いと》おしむようにマリアの額に触れた。ピスケンの不器用な、硬い接吻が胸に甦った。それは、この世でマリアが決して癒すことのできぬただひとつの、堅く根を張った筋腫《きんしゅ》のような、男の孤独であった。

「どうして、私が？」

総長は言いかけてためらい、軽い咳《しわぶ》きとともに、ぽつりと呟いた。

「それァな、おめえが——死んだカカァとうりふたつだからだ」

男たちの花道

田之倉若頭以下十名の本家執行部、加えて二十五名の直系組長のそうそうたる顔ぶれが

屋には違いない福島は、すでに形式上のイニシアチブを完全に握っているといって良かった。

現時点で、偉大なる指導者であるかどうかはともかくとして、とりあえず偉大なる仕切屋には違いない福島は、すでに形式上のイニシアチブを完全に握っているといって良かった。

しかし年の功が物をいうこの業界では、いまだ四十歳の彼について、「いつかは福島」と誰もが認めても、「次は福島」と考える者は誰もいなかった。つまり、次期総長の座は全く予見できないが、次期若頭は確定的だったのである。

全員が病室に消えた後で、福島は忘れ物を探すようにデイ・ルームを見渡した。すると、廊下の突き当たりの非常階段に、まったく忘れ物のような人影があった。

福島はピスケンの背に声をかけた。

「アニキ、ぼちぼち始まります。どうぞお入りになって」

ピスケンは革コートの襟の中で、デキの良い弟分を振り返った。

(シブい……)、と福島は今さらのように思った。口さえきかなければ、これほどアップに耐えうる極道はいなかった。瞳は光のない三白眼だが、目尻には慈愛に満ちた深いシワが刻まれている。薄い、いつもへの字に結んだ唇はゾッとするほど冷酷なのに、ひとたび笑えば少年のような明るい前歯が輝く。

結局、自分が憧れてきた極道は、新見総長とこの健兄ィだけだったと、福島克也は思った。

「俺ァ……いいよ。みんなちゃんとした親分なんだし、俺ァ幹部でも何でもないもの。これ総長《オヤジ》に持ってってくれ。たまたま見舞いに来ただけなんだ」

ピスケンは大事そうに抱えていたメロンの木箱を、そう言って福島に差し出した。

「いえ、アニキはれっきとした総長の若衆です」

「だが、まだ盃をもらったわけじゃねえ。てえことは、俺ァまだ岩松の子供だ。それに……」

と、ピスケンはいちど口ごもってから続けた。

「直系組長だなんて言われたって、オレ、子分のひとりもいねえもの。若い衆のひとりもいねえ組長なんて、何だかおかしいやい」

「子分どもならいずれうちから、ノシつけてもらっていただきやすよ。ちゃんと代紋かかげて、事務所を開いて。いつだってアニキがその気になりゃできるこってす」

「やだよ、オレ。親分なんてガラじゃねえもの。ずっとひとりで生きてきたし、これからもそうして行くのがいいや」

「そうわがままを言わんで下さい。健兄ィを下《しも》に置いたとあっちゃ、この俺が笑われるんですから」

福島は尻ごみをするピスケンの袖を引いて病室に向かった。

湯沸室の前まできて、ピスケンは根の生えたように立ち止まった。

「そうだ、克也。オレ、お茶入れてくよ。みんなのお茶くみなら、部屋に入ったっておかしくねえもんな」

「勝手にしなせえ」、と福島はピスケンを突き放した。

特別病室は得体の知れぬ緊密な空気に満ちていた。総長のベッドを取り囲む二十五人の男たちのどの顔にも、冗談ひとつ言えぬ緊張感が浮かんでいた。

「今、阪口のアニキがおいでになります」

阪口と聞いて、全員が一瞬うんざりとした。

「そうか、それじゃ話はケンタがきてからだ」

と言ったなり、総長は腕組みをして目を閉じてしまった。

「ケンタはうちの若い者だから、関係ねえでしょう、オヤジさん」

応接セットから背を起こして、岩松円次は不満げに言った。

「いいや、あいつとはわしの都合で盃事が延びているだけだ。第一――円次よ、おめえケンタに向かってそんなたいそうな口が利けるのか。ケンタと克也がいなんだら、おめえなんて箸にも棒にもかからねえ三ン下じゃねえのかよ」

そうだそうだと暗黙の肯定に取り囲まれて、岩松は押し黙った。

「そうだ、そうだ」、とはっきり口にしたのは、もちろんメンバー中ただひとり岩松とは五分の兄弟に当たる田之倉五郎松だけである。

「まったくよ、兄弟はいいよな。福島だの阪口だの、孝行なセガレを持ってよ。その点オレなんざ、千人の子分がいたって総長のお目見え以上なんて、ひとりもいねえんだもんな。何だって俺ひとりでここまでやってきたんだ」

人々の冷たい視線は、岩松の顔からいっせいに田之倉へと向けられた。個人的な才覚を主張したつもりの田之倉の言葉は、実は全然説得力に欠けていた。たしかに孝行な子分のせいで地位を得た岩松も蔑《さげす》まれていたが、孝行な子分をひとりも育てることのできなかった田之倉も、それなりに軽蔑されていたのである。何と言おうと、千人の子分を持ちながら田之倉がアッサリとパクられたのは事実なのである。

「クックッ。何とでも言え。てめえがどう強がったって、俺ァ懲役に行ったことねえもの。まったく気の毒なやつだ。還暦すぎて無期求刑でやんの」

岩松は聞こえよがしに呟いた。

人々は二人の言い争いを耳にして、新たに彼らの器量の足らなさを認識した。同時に

「やっぱりオレしかいねえ」、と誰もが思った。

やがてピスケンが茶道具を抱え、まったく給仕のように背を丸めて入ってきた。居並ぶ親分衆の間を歩き回りながら、如才ないしぐさで茶を勧める。ひとめぐりして立ち去ろうとするピスケンを、新見総長は低い、しわがれた声で呼び止めた。

「待て、ケンタ。おめえも聞け」

手渡された茶碗を口にしようとする者はひとりもいなかった。誰もが掌の中の温《ぬく》もりを、自らに託された未来の栄光のように感じていた。

「おめえらにこうして集まってもらったのは他でもねえ――これから天政の跡目を決める。わしの言うことにゃ、誰も逆らっちゃなんねえ。これは初代天野《あまの》屋《や》政《せい》右《え》ェ門《もん》からの決まりごとだ。文句のあるやつァ盃を返せ。誰も止めやしねえ」

へい、と一同は声を揃えた。新見総長はまったくしらふの、鷹のような目でぐいと子分たちを見渡し、それからゆっくりと話し始めた。

「まず、五郎。おめえは引退しろ。その分だけ罪も軽くなる。わしが身柄引受《ガラウケ》人になって一緒に引退すれァ、無期どころか執行猶予だって取れるかも知れねえ。な、そうしろ」

思わず椅子から立ち上がった田之倉の顔からは、みるみる血の気が引いた。

「親分、それァあんまりだ。それァ……」

「黙れ、五郎。文句は聞かねえと言ったろう。いやなら盃を水にして、とっとと懲役に行きやがれ」

立ちすくんだまま身を慄わす田之倉に向かって、総長は諭すように続けた。

「実の親なら、迷わずそうするだろう。わしァどうしたって、おめえを畳の上で死なしてやりてえんだ」

「あんまりだ、親分。それじゃ俺ァ今までいってえ……」

「おめえの働きぶりはよおくわかっている。わしァ別に望んじゃいなかったが、ともかく天政を関東一の所帯にまでのし上げたのァ、おめえの力量だ。だがな、五郎。思い出してみろ。戦後の悪い時代に、どうしようもねえチンピラだったおめえを、おめえのおふくろは泣く泣くわしのところへ連れてきた。そのときおふくろが何と言った。『親分さん、どうかこの子を畳の上で死なしてくれろ、鉄砲玉に当たって死ぬのは、つれあいだけでたくさんだ』とな。わしァずっとそれを忘れずにきた。だからおめえにも、決して危ねえヤマは踏ませやしなかった。てめえがパクられたのァ自業自得さ。おふくろやわしの親心に甘え続けた結果なんだぜ。だが——この場に及んでも、わしァおめえを青い畳の上で死なしてやりてえ。そのためなら法廷にも立つ。裁判官の前で泣いてもやる。いいか五郎、天政のためにこうするんじゃねえぞ。わしァ四十五年前、はっきりとおめえのおふくろにそう約束したんだ」

田之倉は崩れるように身を屈すると、白髪頭を抱えこんだ。

にんまりとする岩松に向かって、総長は再びゆっくりと頭をめぐらせた。

「円次」

「へい」

「おめえはダメだ」

アッサリと言われて、岩松はポカンと口を開いた。

「な、何ですオヤジさん。田之倉の兄弟には立派な説得をして、俺には、ダメなんて。そりゃひでえ、ひどすぎる」

岩松の目がしらにみるみる悔し涙の溢れるさまを、総長はじっと見つめた。

「おめえは、苦労をしすぎた。それだけだ」

ぽつりと言いかけられたひとことで、岩松はたまらずにぼろぼろと涙をこぼした。

「さっきは言いすぎたな。みんな、誤解するな。円次は決して子分に恵まれただけじゃねえ。克也や健太は、内心親の苦労を知っていたんだ。だから克也は何とか円次を楽にしようと身《み》を粉《こ》にして働いた。健太は体を張った。それもこれも、おめえの器量のうちだ」

そのさき総長の言わんとすることが、岩松にはすべてわかった。できれば聞きたくないと岩松は思った。

「特攻隊で生き残って、闇市に舞い戻ったおめえの荒れすさんだツラを、わしァ今も忘れねえ。焼け跡に立って、薄汚れた航空服に白いマフラーを巻いたまんま、おめえはわしにこう言った。『親分さん、あんたは神も仏も信じているでしょう。だが私ゃ、神も仏も、義理も人情も、もう信じやしません。そんな男で良けりゃ、子分にして下さい』ってな。おめえは、死んで行ったやつらの分まで生きるんだと、あのとき誓っていたんだろう」

「違わあ！　そんなきれいごとじゃねえ」

と、岩松は涙を拭おうともせずに叫んだ。

「いや、間違いねえ。このあいだ見舞いにきたメカケの、何て言ったか――そうだ、しのぶってえケバい女が言ってやがった。おめえ女を抱くとき妙なクセがあるんだってな。『きょうはシゲオって呼べ』とか、『ユウタロウさん、って呼んでくれ』とか。わしァそれを聞いたとき、おめえをヤクザにしちまったことをつくづく後悔したぜ。なあ、円次。おめえはカタギになれ。戦さで死んだ連中の弔いはもうそれで十分だ。みんな喜んで天国に行ったよ」

岩松はベッドに歩み寄ると床に膝をついた。うなだれる禿頭を、総長は点滴を打った手で引き寄せた。

「親分、俺ァ今さらカタギだなんて……」

「おめえは良くやった。学徒の誇りだ。おめえみてえなヤツが今の日本を作ったんだと、わしァ思うぞ。今からでも遅かねえ、岩松円次に戻って、思いきり女を抱け」

「俺ァ、俺ァ……前立腺が」

「帰りに外来で診てもらえ。まだ役に立つ」

一同は思いがけぬ田之倉と岩松の過去を知って沈黙した。誰もが苦労の足らぬおのれを少なからず恥じた。

しかし、その中にひとりだけ恥を知らぬ男がいた。しんみりとした一座の中から、ふいにアフロヘアーにカンジキをはいた、奇怪な男が歩み出た。

「親分、したっけ跡目はやっぱり――」

古屋万吉は森林伐採で鍛え上げた厚い胸板を、誇らしげに突き出した。

「誰だ、おめえは……熊か」

「へ？　いえ、熊ではなかんべさ」

「わしァ、おめえなんか知らねえ。見たこともねえ」

「そ、そったらこと。俺だがね、北海道の古万だがね。山を切り売りして、毎月一億ずつ届けた古万だべさやあ！」

「一億？　何だそりゃ」

古万の足元で、岩松円次は泣きながら笑っていた。上納金はことごとく、金庫番の岩松がパクっていたのであった。

「岩松の……なら、あのカネは」

「うるせえ。あれは戦没者慰霊のために有意義に使わせてもらった。それも仁侠道のうちだ。文句あるか」

すげえ理由であった。パクったカネのおおよそは、しのぶの店の改装資金と、やよいのフェラーリ・テスタロッサと、ともこの先物取引の穴埋めに使われていた。話のなりゆき上、戦没者慰霊のためと言われればミもフタもなかった。

総長はまったく無関心に、古万から目をそらした。

「一億だか何だか知らねえが、跡目が熊じゃうまかねえ。天政の五代目が人間であることは最低条件だ——というわけで、わしもいろいろ考えた。三日三晩、いやこの一カ月というもの考えに考えあぐねたあげく、こうと決めた」

と総長は、ついさっき発作的に決めたことを、おもむろに口にした。

「跡目は、天政の五代目は——阪口健太と決めた」

場はシラけた。例えて言うなら、オーラスのドタンバにいきなり役満を和《あ》がられたような感じだった。九回裏ノーヒットノーラン目前のピッチャーが、逆転満塁サヨナラホームランをくらったような感じだった。人々は喝采もブーイングも忘れ、ただただ雪の夜のような虚無の中に立ちすくんだ。

茶碗の割れる音に人々が我に返ったのは、数分の後である。

「やだっ、やだやだっ。そんなの、やだっ！」

ピスケンは足元に砕けた茶碗を蹴ちらかして、子供のように地団駄を踏んだ。

「やだって言ったって、アニキ。総長のご指名ですぜ。後は、後は何とかなりますって」

唖然としながらもようやくそう言った福島の手を振りほどいて、ピスケンは廊下に駆け出した。

いつものクセで、「後は頼むぜっ！」、と言い置いたが、頼まれてもできることとできないことはあった。福島はあわててピスケンの後を追った。

走りながらピスケンは、これは悪い夢だと思った。目覚めればそこは雑居房の硬い夜具の上で、看守が鍵束を鳴らし、靴音を響かせて起床のときを告げるに違いない。むしろそう希《ねが》った。

廊下を駆け抜け、非常階段に飛び出して扉を背で押さえる。福島は把手を回しながら懇願するように言った。

「アニキ、開けておくんなさい。落ち着いて話をしようじゃありませんか」

「うるせえ。俺は、そんなんじゃねえ。俺ァピストルのケンタだ。上《かみ》も下《しも》もねえ、今日の今日、今の今しか生きていけねえ極道なんだ」

頰をなぶって過ぎる春の風は、刑務所の壁の中の冷ややかな空気を思い起こさせた。

ドアの向こうで、福島は後を追ってきた組長たちに言った。

「みんな、五代目はちょいと取り乱していなさるから、しばらくそっとしておいてやっておくんなさい」

短いやりとりの後で足音が遠ざかると、十六階の踊り場はしんと静まり返った。大きな西日が鉄柵にうつぶせるピスケンの背を染め、空は微《かす》かに鳴っていた。

どのくらいそうしていたのだろう。何も考えず、何も思い浮かばぬまっしろな頭の中に、懐かしい声が囁きかけられた。消毒薬とほのかな女の体臭の混じり合った恋人の匂いに、ピスケンは顔を上げた。

マリアは白衣の肩を鉄柵に並べかけて、まるで風の中に唄うように、こう言った。

「ケンちゃん、あたしと所帯もとう――」

いつだったか、自分がいちどだけそっくり同じ言葉を口にしたことを、ピスケンはぼんやりと思い出した。

「何でおめえまで、今さらそんなことを言い出すんだよ」

マリアはナースキャップをはずすと、長い髪を梳《す》き落とした。

「理由はひとつしかないわ。生まれて初めて息をしている人を愛したから」

ピスケンは身を起こし、夕日に隈取られたマリアの目の前に、両手を突き出した。

「俺ァ、そんなんじゃねえ。この手を見ろ、血だらけで、傷だらけで、他人から親分だの亭主だのと呼ばれる資格は、何もねえんだ」

マリアは小指の先の欠けた、そのくせふしぎなくらい繊細な感じのする両手を、白衣の胸に抱き寄せた。

「私が治してあげる。どんな傷だって、私に治せないものはないんだから」

「治せるもんかっ！」

マリアの手を振りほどいて、ピスケンは転げ落ちるように階段を駆け下りて行った。

ホットライン

大学病院の駐車場はごった返していた。病棟の高みから見下ろせば、まるで煮えたぎる巨大な鍋を連想させる光景である。

人混みのうしろには、パトカーと機動隊の装甲バスと、右翼の街宣車と黒塗りのリムジンが、ビッシリと、しかも整然と並んでいる。

通用口をめぐって、制服の巡査と機動隊員が垣根を作り、その外側には報道関係者と組員たちが立錐《りっすい》の余地もないほど犇《ひし》めいている。

ヤクザたちの中にはマル暴の私服刑事も大勢まじっているのだが、例によって判別はつきにくい。

本来、ヤクザとマル暴刑事の違いは、耳に添えられた無線イヤホーンによってのみ識別できるのだが、折りしもヴェルディ川崎対横浜マリノスの好カードがキックオフされたために、ヤクザたちの耳にもイヤホーンのコードがぶら下がっているのは大変都合が悪かった。

しかも、どさくさにまぎれて刑事たちの多くもラジオを聴いているから、アルシンドのシュートに群衆はわけもわからず混乱してしまうのであった。

サッカー中継はともかく、人々は天政連合会五代目の発表を待ち望んでいた。どの顔も真剣であった。ヤクザたちにとっては、当然将来にかかわる大問題であり、警官たちにとっては仕事上、というよりも純粋な趣味の上で、これにまさる興味はなかった。

報道陣の中では、ナゼかメジャーは後方で落ち着いていたが、実話系週刊誌と夕刊スポーツ紙は積極的に前面を占拠していた。最前列では東スポと内外タイムスが縄張り争いをしており、アサヒ芸能と週刊大衆が仁義を切っていた。代表質問をする予定の実話時代の記者はさすがにたいそうな貫禄で、でしゃばってくる朝日、読売なんか、ひとにらみににらみ倒してしまうのであった。

それはまるで往年の大井競馬場のように、殺伐とした、油断のならぬ男の世界であった。突然、通用口にひとりのヤクザ——もしかしたら刑事かもしれないが——が走り出た。群衆はドッと間合いを詰めた。

再審の判決を示すように、大きな模造紙が掲げられた。そこには「無罪」と書かれているかわりに、墨痕《ぼっこん》あざやかな毛筆で「阪口健太」と大書されていた。

群衆はどよめいた。どよめきの後で、ひどくシラけた沈黙がやってきた。そこいら中でひそかに行われていたトトカルチョは全員がはずれ、胴をとっていた古手の刑事や兄貴分はバンザイをした。

「誰だ、それ……」

と、人々は異口同音に言い、隣人の誰かれかまわず訊ねた。沈黙は不可解なざわめきに変わった。

「ピスケン?……」

たいへん間合いよく、機動隊員の一人が呟いた言葉は、たちまち津波のように群衆を揺るがした。

天政連合会五代目はピスケン！——まさにエポック・メイキング、青天《せいてん》の霹靂《へきれき》、十万円台の馬連超万馬券の衝撃であった。

誰もが一瞬天を仰ぎ、ただれ落ちる夕日を西から昇った朝日だと錯覚した。やがて駐車場のあちこちで、怒号とブーイングと、ヤケクソの万歳三唱と関東一本じめの嵐が巻き起こった。

警視総監室の直通回線電話が鳴った。

議論に疲れ果ててひたすら結果を待っていた三人の男は、我れ先に受話器に飛びついた。職務権限上、花岡総監は向井元警部補を張り倒し、佐久間警視正に鮮やかな一本背負いを決めて受話器を奪った。

ちなみに、この秘密回線が使用されたのは「よど号ハイジャック事件」の超法規的措置以来、その前は彼らの知る由《よし》もないが、二・二六事件以来のことであった。

受話器の向こうから、伝令は蹶起《けっき》部隊に包囲された首相官邸からそうするように、あわただしく、しどろもどろに言った。

〈そ、そ、総監！　決まりました、天政の跡目は、ピスケンです！〉

伝令の声は受話器に寄り添った三つの頭に「不可思議」の四字を書き残した。ここでも場はシラけた。推理小説の意外な結末、というより、量産サスペンスドラマのお粗末なラストシーンを目のあたりにしたようであった。

「聞いた？　ケンタだってさ」

と、花岡総監は目を点にして、アホらしげに言った。

「ふうん、ケンタ。ケンタねえ……」

向井権左ェ門の顔にはスダレがかかっていた。

「あーあ、知らないっ。ケンタだって」

佐久間忠一はガラスを割っちまった子供のように、捨て鉢に言った。そして内心はけっこう真剣に、担当課長として長い間とりくんできた暴力団対策マニュアルを、すべて作成しなおさねばならぬ、と考えていた。

総監は自らの努力とはもっぱら関係なく、警視庁の威信がてんで無視されたことにジワジワと怒りを覚えた。

「どうする、どうするつもりだ佐久間！」

「そんなこと言われたって困ります。私の責任じゃありません、これは天災です」

振り向けば、向井元刑事の姿はもうそこにはなかった。彼は年中不愉快そうな地顔をいっそうしかめ、噂によってシラけきった警視庁の廊下を大股で歩み去って行った。

「ヒデさん、キサマ一日中何を考えておるのだ。俺たちにはボンヤリしているヒマなどないはずだぞ」

名を呼ばれて、広橋秀彦はようやく屋上の手すりから身を起こした。軍曹が迷彩服に半長靴をはき、肩章に青いベレー帽をはさんで立っていた。

「なんだい、その恰好は。まるで国連軍だな」

答えずに軍曹はにっこり笑った。何という誇らしい、輝かしい笑顔だろう。中国の古い英雄のように、軍曹は無言で、まさしく莞爾《かんじ》として笑い続けるのである。

「たまには、考える前に動いてみたらどうだ。いくらデキの良いキサマでも、頭で考えることなどたかが知れておろう」

この男はいったい何をしようと言うのだろう。日本人には決して似合わないはずの青いベレー帽を冠ると、軍曹の顔はたちまち歴戦の国連軍兵士の威を備えた。

「軍曹、どこかへ行くのか？」

「俺はソマリアへ行く。平和維持軍はきっと俺を必要としているだろうからな」

そんな唐突な言葉も、軍曹の口から出ると決して奇異には思えなかった。

「キミはいいな。ぼくを必要としている人間なんて、もうどこにもいやしない」

軍曹は笑みを絶やさずに、巨体を揺すって歩み寄った。半長靴の踵《かかと》をカツンと鳴らして広橋の前に立ちはだかると、そこで初めて表情を改め、良く通る下士官の声で軍曹は言った。

「広橋秀彦。俺は今、一億国民と二百万英霊になりかわって、キサマを殴る。メガネを取れ。歯を食いしばれ」

広橋が素直にメガネを取ると、目の覚めるような鉄拳が頰を叩いた。殴り倒されて仰ぎ見た夜空に、軍曹はのっそりと立った。鼻血が生温かく口腔を満たした。

「世の中に不必要な人間など一人もいはせん。それを不必要だと言うのは、己れのわがままだ」

これは肉体の声だと、広橋は巨大な影の下で思った。脳ミソまで筋肉だと、ピスケンが彼をしばしば揶揄《やゆ》するのは、冗談ではなかろう。しかし明らかに脳という臓器で考え、声帯という臓器の発するその粗野な声に、あえて抗《あらが》うべき声を広橋は持たなかった。

「軍曹――ひとつだけ教えてくれないか」

「何なりと。俺がキサマに教えることなどあるとは思えんが」

広橋は仰向いたまま、この偉大な友についてずっと抱き続けていた疑問を口にした。

「キミはなぜそんなに堂々としているんだ。なぜそんなにいい笑顔を持っているんだ。すべてを奪われ、すべてを捨てたぼくらの境遇はまったく同じだと思うんだが」

軍曹はさして考えもせず、またたき始めた明星を振り返って、からからと笑った。

「簡単なことだ。俺は子供の頃からおしきせの規律に反抗し続けてきた。そしてとうとう犯罪者となった。しかし、省みて天に恥じる行いはただのひとつもしてはおらん。恥辱はすなわち身の穢《けが》れである。身に一点の穢れもない俺は、常に正々堂々、笑顔の絶えることがない」

「罪を犯したことに、恥辱を感じないのか。われわれは犯罪者じゃないか」

「ほう。では訊こう。犯罪とは何だ」

「決まってるさ。法を犯すことだよ」

軍曹はもういちど、空を呑みこむほどの大口を開けて、からからと笑った。

「俺は常に、義のために行動してきた。義を裁く法などあってたまるか」

「だが、悪法でも法は法だ。社会の秩序とはそうした……」

「いや、悪法など法であるものか。俺は義のためとあらば親をも殺すだろう」

広橋はとたんに身を起こして叫んだ。

「くだらんたとえはよせ！　親を殺すことが、何の正義だ！」

「ヒデよ」、と軍曹は灯《とも》り始めたネオンを大きな瞳いっぱいに映して広橋を見つめた。

「俺はキサマの苦悩など知りはしない。だが、これだけは言っておく。どんなことをしてこようと、俺の人生は俺の誇りだ。キサマも、キサマ自身の人生を誇らしく思え」

何と明快な、何とゆるぎない言葉だろうと広橋は思った。

軍曹は呆然と座りこむ広橋に向かって正確な挙手の礼をすると踵《きびす》を返《かえ》して歩み去った。

「待って、待ってくれよ軍曹。僕を一人にしないでくれ！」

振り向きもせずに軍曹は言った。

「ひとりで生きろ。末は宰相とまで言われたキサマではないか。さらば」

軍曹は行ってしまった。広橋は昏《く》れかかる闇の中で孤独になった。

あの男は何ひとつ世の中を変えたわけではない。存在にことさら意味があったわけでもない。だのに、この喪失感は、あの男がいない世界のこの空虚さは、いったいどうしたことだろう——。

「なあ、ケンタ。よおっく考えろよ。おめえが天政の跡目に立つのァ、結局、世のため人のためだと思うんだがな」

向井権左ェ門は本音を言った。ひとからげに法律の網をかぶせて丸くおさまるほど、やくざは単純な存在ではない。悪と言ってしまえばそれまでだが、本質において土俗的な日本の社会構造の一本の支柱には違いないのだ。

海と山とに囲まれた小さな区域に社会生活が集中するこの国から、彼らを放逐しようとする考え自体ひどく無理があると、向井は考えていた。半世紀近くもマル暴刑事《デカ》を勤めあげた、彼なりの結論である。

要はバランスだ。強引に圧迫すれば彼らはゆがみ、その分、社会もひずむ。そしてそのバランスを維持するものは、法でもなく警察でもなく、例えば新見源太郎のような大侠客と呼ばれる人間なのだ。

阪口健太という男は、確かにその資質がある。本人も気付いてはいないふしぎな徳が、間違いなくある。

「いーやーだっ。ぜったい、いやだ。誰が何てったたって、やだったら、やだっ！」

たぶん間違いない、とは思うのだが。

「おめえ、ビビってんな。怖えんだろ」

ピスケンにとって、それ以上の侮辱的な文句はない。

「何だと、このやろう」、とピスケンはやおら拳銃を抜いて向井のこめかみに押し当てた。

向井は少しも愕《おどろ》かなかったが、罪もないタクシーの運転手は当然愕いた。声も出さずに凍えついて、有楽町の交番の前に車を急停止させた。悲鳴を聞きつけて巡査が駆け寄った。しかし向井の顔をひとめ見るなり、警視総監に出くわしてもそうまではすまいと思われるほど彼らは緊張して、直立不動の敬礼をするのであった。

「ご苦労。なに、たいしたこっちゃねえよ。これ天政の五代目。よろしくな」

ハッ、と巡査はピスケンにも敬礼をした。

「運ちゃん、あわてんな。強盗じゃねえよ。さ、やれ」

と、ピスケンは運転手の頬を、コルトの銃身でペタペタと叩いた。強盗の方がずっとマシだと、罪もない運転手は思った。

拳銃を向井の膝に投げると、ピスケンは言った。

「ともかく俺ァずらかる。何とでも言いやがれ」

「ずらかるって、どこへ行くんだ」

「そうさな、とりあえずオーストラリアとやらに行って、おやじとおふくろの肩でも揉んでくらあ。いい所らしいじゃねえか」

「あのな」、と向井は決定的に世界的視野に欠けているピスケンをなだめた。

「オーストラリアって、どこだか知ってんのか。遠いんだぞ」

「知ってらい。長いワラジは覚悟の上だ。八丈島《はちじょうじま》の先だろう」

「……………」

「羊がいっぺえいるらしいから、しこたまジンギスカンでも食ってよ、コアラのケツかいて遊んでくる。こないだ上野動物園で見たら、えれえ可愛かった」

「おめえ……ゼニはどうするんだ。パスポートは。成田でオーストラリア一枚、って言ったって売っちゃくれねえんだぞ」

「当たりめえだ。バカにすんな」、とピスケンは内ポケットからパスポートを取り出してヒラヒラと振った。

「あっ、てめえ仮釈放中の身で。そんなものどこで手に入れやがった」

「あのな、ゴンさん。俺ァヤクザだぜ。泣く子も黙るピスケンだぜ。きょうび台湾マフィアなら、こんなものお安いご用なんだ。電話一本で出前してくれた。金か？　そんなものァまた親にたかるさ。オーストラリアにゃカジノもあるって言うし、まず食いっぱぐれやしねえ。心配すんな」

「別に心配してるわけじゃねえが――」

「俺なんぞにかまけてる間があったら、克也に加勢してやれ。あいつならちゃんとやって行くさ。立派な天政の五代目だ」

他人の意見には決して耳を貸さぬ男であることはわかっている。しかし向井には、この天衣無縫の極道の消えてなくなることが、何か取り返しのつかない損失であるように思えてならなかった。

「な、なりたですかあ……」

運転手は首をすくめたまま、怖る怖る訊ねた。

「……だったら、ナリタ・エクスプレスか京成スカイライナーが早いと……そう思いますけど。道路、混んでるし」

こういう意見にはなぜか素直なピスケンであった。

「そーか。で、そのナリタエキスパンダーとか京成スカトロ何とかってのァ、銀座の地下鉄から乗れるんか？」

「も、もちろん乗れます。ハイ、着きましたよ、お疲れさまでした」

タクシーは二人の客を降ろすと、代金も受け取らずに走り去って行った。

霧の中で

その晩、めずらしく銀座には霧が出た。

四方を濠に囲まれ、ビルもまばらであった戦後には、川面《かわも》から湧き、あるいははるか佃島《つくだじま》から流れてくる霧は、銀座の宵の風物であった。

向井権左ェ門は街路樹の根方に足を止めて、老いた目を霧の中に据えた。

(どこも、変わっちゃいねえ……)

闇市の交番の、緑色の光の輪の中に、警棒を握って立っている自分を感じた。

天政の代紋を染め抜いた法被《はっぴ》姿の男がやってくる。浮浪児を両手に引いた、新見源太郎だ。

(ゴンさん、こいつら何とかしてやってくれ。いくら何だって俺が預かるにゃ十年早えや)

交番の脇では相棒の花岡錦吾《きんご》が制帽をあみだに冠って七輪をあおっている。ちらりと浮浪児を見やり、麦飯の詰まった弁当箱に焙《あぶ》ったメザシをのせて、子供らに差し出す。

(食ってけ。施設にだって食うもんはねえんだ)

水の音がする。焼け跡の水道の蛇口から顔を上げたのは、航空服姿の岩松円次だ。荒れすさんだ肌に、マフラーだけが眩《まぶ》しいほど白い。不敵な目付きでジロリと交番を睨み、毒のように唾を吐く。

(けっ、泣かせるじゃねえか。勝手に戦さをして、勝手に敗けて、罪もねえガキにてめえ

の弁当をくれてやるってか）

うら哀しい軍歌のメロディが流れてくる。焼け焦げた瓦礫《がれき》に腰を下ろして、イカれたアロハシャツの田之倉五郎松が、ハーモニカを吹いている。

（やめとけ、兄弟。ポリ公にたてついたって、ロクなこたァねえぞ）

すべては過ぎ去ったことではない。華やかな夜の底を一枚めくれば、そこには半世紀前のあの日が今もそのままにあるのだと、向井は思った。

目を上げるとピスケンの姿はもうどこにもなかった。通りを隔てた地下鉄の入口に、一瞬誰にそうするともなく突き上げられた拳が見えたが、確かめる間もなく人混みに押されて、階段の縁に消えた。

「ケンタ……」

向井は光を淀ませる霧に目をしばたたかせて、息子の名を呼ぶようにそう呟いた。

もしかしたら地下鉄のホームには、あいつのための特急列車が本当に待っているのかも知れない。きっとそうに違いないと思った。

向井権左ェ門は長い間、ガードレールに腰をあずけて、薄絹を張ったような夜の街を見つめていた。

ふと、粗い霧の粒子が頬をなぶって目を上げると、デパートの紙袋を両手に提げて広橋が立っていた。

「何だおめえ。東拘《トウコウ》から釈放《パイ》になったみてえななりだな。どうした？」

すっかりくたびれたソフト帽を目深《まぶか》に冠り、暗い色のコートの襟を立てて、広橋はじっと向井の顔を見つめた。

「ゴンさん。僕は会津へ帰るよ。これは、おふくろへのみやげだ。何ひとつ買ってやったことがないから」

「そんな物より、おめえの体が何よりのみやげさ」

「二十年ぶりなんだ。おやじを殺したのは間違いじゃなかった。でも、おふくろを捨ててきたのは、恥ずかしいことだった」

人々の足を急がせて、雨粒が落ちてきた。桜もこれで終りだろうと、向井は思った。

「やっと気がついたか。えれえぞ、ヒデ」

「ゴンさん、あんた――」

と、広橋は言い淀んで目を伏せた。

「あんた、世の中をどうこうしようなんて気持は、はなからなかったんだろう」

ひやりとして、向井はそっぽを向いた。

「おめえは、頭のいいやつだな」

「いいや、僕ばかりじゃない。みんなわかってたよ、きっと」

「もういい。行け、捜査結了、これでしめえだ」

広橋は紙袋を大事そうに抱え上げると、立ち去りかけてふと足を止めた。

「考えてみれば、理不尽なことは何ひとつなかったのさ。提灯行列で村を送られた僕は、あれからずいぶん出世したけれど、おふくろを捨てたもうひとりの僕は、あのときから真逆様に転げ落ちたんだ。その結果がこのザマだと、さっきようやく気付いた」

そう言い残すと、広橋もまた別れの言葉のひとつもなく、雑踏の中に紛れ入った。

「フン、ばかやろうが。最後まで理屈をこねやがって」

立ち上がりかけて体じゅうの力が脱け、向井は濡れた舗道に尻をついた。霰《あられ》まじりの春の雨が古い背広の肩に弾ぜた。

会津は雪に違いない。雪のきた用水の土手で、疲れ果ててたどり着いた息子を野良着の腕に抱き止める老いた母の温もりを、向井はありありと想像した。

すると、荒れすさんだ胸のひとところに、マッチを灯したような小さな火がついた。このままどこかの街角で行き倒れても、きっといい死に顔をしているだろうと思った。

のしかかる大都会の闇に向かって鳥打帽の庇をあげる。慄える唇にタバコをくわえて、火を探した。安キャバレーのマッチ箱の中に一本だけ、軸が残っていた。

「ありがてえ」

と呟き、ひび割れた職人の掌のなかで、向井は最後の火を灯した。

驟雨《しゅうう》に追われる人々は、道ばたの水溜りに大あぐらをかいてタバコを吹かす老人になど、誰も気付きはしない。

雨と煙と、ショーウインドウの光に顔を晒して、街路樹の幹に頭をあずける。

何だかいっぱしの悪漢になった気分だと、向井は唇のはしをひしゃげて笑った。

解説

篠田節子《しのだせつこ》
（作家）

浅田次郎といえば、「泣かせ」であり、「泣かせ」といえば浅田次郎である。しかし案外知られていないのは、泣かせを極めたところに、爆発的な笑いが生まれるということだ。適当なところでやめておけば、読者は胸を熱くし涙してくれる。しかし泣きと感動の極限をつきつめて、自虐《じぎゃく》的笑いを引き出すのは、センスや才能に加えて体力がいる。

『きんぴか』の全三巻を今回一気読みした。淀《よど》むことなくページを繰りつつ、電車の中でもこらえきれず腹を抱《かか》えて笑った。

肩の凝らない小説だからって、鼻歌うたいながら書いてるわけじゃねえ！

テメエがヘラヘラ笑いながら、ユーモア小説なんか書けるわけねえだろ、あン？

今を去ること八年前、ノベルス版のライトミステリや近未来ＳＦを書きながら、我々、駆出《かけだ》し作家は、偉そうな批評家の偉そうな書評を読みつつ、ピスケンばりに凄《すご》んでいたものだった。

今、『きんぴか』を読み終え、その感を強くしている。同業者としてこの小説を読むとき、私は賞や発行部数にではなく、読み手にしっかりと顔を向け、体力と知力のかぎりを尽くして書いている作者の姿が目に浮かぶ。書き手の体温は、読者に伝わる。実に、濃く、くどく、暑苦しく、連作短編の形式を取りながら長編の風格を備《そな》えた作品である。

濃く、くどく、暑苦しい、に時代錯誤というのを付け加えれば、ここに登場するヒーロー三名プラス退職刑事一名のキャラクターになる。

対立する組の総長を殺《と》って十三年半収監された後、シャバに出てきたヤクザ「ピスケン」、自衛隊の海外派兵反対を叫び、たった一人で武装蜂起《ぶそうほうき》した挙げ句、自殺（自決）未遂をやらかした元自衛隊員の「軍曹」、そして大物政治家の収賄《しゅうわい》の罪を被《かぶ》り、社会的にも家庭的にも抹殺《まっさつ》された元大蔵キャリア「ヒデさん」。

第一巻の冒頭で、三人は退職間際の刑事「マムシの権左《ごんざ》」によって引き合わされる。銀座の真ん中にある、破産管財人の管理下にある超豪華クラブを根城に、それぞれのたぐいまれな度胸と体力と頭脳を合わせて世直しを行なおうというのだ。

はみ出し者三人が世にはびこる悪を正す、といった痛快時代劇風、無限ループ的ワンパターンドラマを全三巻読まされるのかと覚悟を決めて読み始めると、ハズされる。まずは痛快より先に爆笑が来た。

義を重んじ、情に厚い男どもの神がかり的ズレ方からすれば、極道《ごくどう》・警察・軍隊のかなりズレた幹部や大政治家も小悪党の常識人に見えてくる。

三人がそれぞれの私怨《しえん》をバカバカしく大きなスケールで晴らした後、第二巻は武闘派看護婦「血まみれのマリア」を中心に据《す》えたラブ・ストーリーが展開される。可愛がった部下に女を取られる軍曹、ヤクザの手から手へとジョーカーのように受け渡される白い粉、そして三千万奪取のためにしかけられるコン・ゲーム。ここでは、はみ出し三人組プラス退職刑事の終わり無き非日常的日常生活が描かれる。

そしてこの第三巻は、ピカレスクと銘打《めいう》たれながらの勧善懲悪《かんぜんちようあく》物語とは、かなりニュアンスが異なってくる。神がかり的にズレたヒーローたちは、ここに至り「俺は何だ？」と迷い始める。痛快時代劇風、無限ループは、ここで完全に断ち切られ、度胸、体力、頭脳の揃《そろ》った最強の軍団は、ゆるやかに解体方向に向かっていく。

「一杯のうどんかけ」は私がいちばん好きな話だ。

やくざの食物連鎖の中では最下位に属する町金《まちきん》と、あらゆる金融機関から借金をしては踏み倒して逃げる詐欺師「セコハン」の対決に、三人が巻き込まれる。

バブル崩壊の前夜、空前の金余り状況を背景に描かれるのは、金額もスケールもなんともセコいコン・ゲームだ。しかしそこには、情も義も人倫《じんりん》の道も、蹴散《けち》らして進んでいく現実と時代の移り変わりが見える。

借金に追われたふうの子連れ一家に、ピスケンや軍曹だけでなくインテリのヒデさんまでがコロリとだまされる。

第一巻で半端な経済ヤクザに見えた福島克也《ふくしまかつや》が、この章では実に格好がいい。組織と自分の置かれている現実と、今の時代を把握しているのは彼だけだ。三人のヒーローに対して彼は言う。

「どうやら雲の上や塀の中からは、世間が見えなかったようですね」

世界と社会が見えるということと、世間が見えるということとは違う。ヒーローになり得ぬ偉大なる実務家からのきつい一言だ。

だまされた者たちは、借金を踏み倒して海外脱出をはかる一家を追って空港に向かう。人でごったがえす出発ロビーで一家を発見したヒデさんは、彼らに走りよりながら迷う。自分はなぜ彼らを探さなければならないのか?と。しかし答えが出ない。

実はこの迷いはやがて大きく広がり、後半の章でヒデさんを引き裂いていく。

ヒデさんに向かい、詐欺師の子供が言う。

「ありがとうって、何にもあげないよ。他人に物をもらうのはドロボウと同じだから」

これは物語前半のピスケンの男気《おとこぎ》あふれる泣けるエピソードへの、ほとんど自虐的なまでに強烈な皮肉である。

そして詐欺師セコハンの「本物の金儲けってのは……」という言葉。「あんたの仕事は、間違ってやしないか」というヒデさんの問い掛けは虚《むな》しく宙に吸い込まれて消える。

このあたりのヒデさんのアイデンティティーへの疑問が、次にくる大事件での彼の対応に関わってくる。

懊悩《おうのう》するインテリ、ヒデさんを尻目《しりめ》に、次章ではたった一人の軍隊「軍曹」が魅力を発揮《はっき》する。的確な戦術と手際良い武器の操作《そうさ》。そこには日本刀をひっさげてのヤクザのデイリなど、とうていかなわないオタクの美学がある。結果的に巨悪の息の根を止めることになるのだが……。

そして「裏街の聖者」。これもまた、ヒデさんのアイデンティティーに関わってくる一編だ。一章の冒頭で登場するヒデさんの元妻の再婚相手は医者。冷酷で見栄《みえ》っぱりの妻が、失脚した夫と取り替えるにはぴったりのエリートだと、おそらく多くの読者は思うだろう。しかし義父の墓の前で、ヒデさんが出会うこの医者は、意外に好人物そうな印象を与える。

そしてこの章での彼「尾形《おがた》」は極めて魅力的だ。不細工な容貌、凡庸《ぼんよう》な能力、不器用な生き方（この不器用とは、男が骨っぽさを顕示するためのいやらしい不器用さではない）、そして孤独と哀《かな》しみ。後半、患者を抱えて飛び込んできたマリアに対する毅然《きぜん》とした対応と、鮮やかな治療の手際《てぎわ》には目を見張る。

私はデブ専でもハゲ専でもない。しかしこの『きんぴか』の中で、いちばん好みの男は、と問われたら、私は迷うことなく彼「尾形」を上げる。

そしてラスト「バイバイ・バディ」。天政会《てんせいかい》の跡目《あとめ》相続。並みいる幹部や兄ィを尻目に、全巻を通じて大活躍したピスケンにいよいよ陽《ひ》が当たると大方の読者には予想がつくだろう。そして関東における最大勢力のトップに君臨し、となれば大長編のラストとしては、極めて座りがいい。まさに予定調和の世界だが……。

しかし『きんぴか』は、痛快時代劇でも痛快劇画でもなく、紛《まぎ》れもなく小説であった……。

それぞれが去り、何とも言えない無常感を漂わせて、『きんぴか』全三巻はひとまず終わった。

あくまでひとまず終わったに過ぎない。この作品の舞台はバブルの最盛期から崩壊前夜までだ。それならこの底無しの平成不況下における、ピスケン、軍曹、ヒデさんの活躍をぜひ見てみたい。特に後半、迷いと悩みばかり多くて、なかなか動いてくれなかったヒデさんの活躍を期待する。優秀な同窓生や天才ガキの力など借りず、孤高のエリートとして、たった一人で世界を変えてみろよ、とこの場を借りて挑発しておこう。

（光文社文庫初刊時のものを再録しました）

一九九九年九月　光文社文庫刊

光文社文庫

長編小説
真《ま》夜《よ》中《なか》の喝《かつ》采《さい》　きんぴか③　完本
著　者　浅《あさ》　田《だ》　次《じ》　郎《ろう》

2023年5月20日　初版1刷発行

発行者　三　宅　貴　久
印　刷　堀　内　印　刷
製　本　ナショナル製本

発行所　株式会社　光　文　社
〒112-8011　東京都文京区音羽1-16-6
電話（03）5395-8149　編　集　部
8116　書籍販売部
8125　業　務　部

ISBN978-4-334-79529-0　Printed in Japan

組版　萩原印刷